皆大欢喜

【英】莎士比亚 著
朱生豪 译
朱尚刚 审订

中国青年出版社

献 辞

谨以此书献给

父亲朱生豪诞辰100周年!

——朱尚刚

本书系

朱尚刚先生推荐的

莎士比亚戏剧朱生豪原译本

目录

出版说明 / VII

《莎剧解读》序(节选)(张可、王元化) / X

莎氏剧集单行本序(宋清如) / XIII

剧中人物 / 1

第一幕 / 3
第一场　　岳力佛宅旁园中　/4
第二场　　公爵宫门前草地　/12
第三场　　宫中一室　/25

第二幕 / 32
第一场　　亚登森林　/33
第二场　　宫中一室　/37
第三场　　岳力佛家门前　/38
第四场　　亚登森林　/42
第五场　　林中的另一部分　/47
第六场　　林中的另一部分　/51
第七场　　林中的另一部分　/52

第三幕 /61
第一场　　宫中一室　/62
第二场　　亚登森林　/63
第三场　　林中的另一部分　/84
第四场　　林中的另一部分　/89
第五场　　林中的另一部分　/92

第四幕 /99
第一场　　亚登森林　/100
第二场　　林中的另一部分　/110
第三场　　林中的另一部分　/112

第五幕 /121
第一场　　亚登森林　/122
第二场　　林中的另一部分　/126
第三场　　林中的另一部分　/132
第四场　　林中的另一部分　/135

附录　/146
关于"原译本"的说明（朱尚刚）/147
译者自序（朱生豪）/150

出版说明

莎士比亚戏剧朱生豪原译本
珍藏全集

"莎士比亚戏剧朱生豪原译本珍藏全集"丛书,其中27部是根据1947年(民国三十六年)世界书局出版、朱生豪翻译的《莎士比亚戏剧全集》(三卷本)原文,四部历史剧(《约翰王》、《理查二世的悲剧》、《亨利四世前篇》、《亨利四世后篇》)是借鉴1954年作家出版社出版、朱生豪翻译的《莎士比亚戏剧集》(十二),同时参考其手稿出版的。

朱生豪翻译莎士比亚戏剧以"保持原作之神韵"为首要宗旨。他的译作也的确实现了这个宗旨,以其流畅的译笔、华赡的文采,保持了原作的神韵,传达了莎剧的气派,被誉为翻译文学的杰作,至今仍受到读者的热烈欢迎和学界的高度评价。许渊冲曾评价说,二十世纪我国翻译界可以传世的名译有三部:朱生豪的《莎士比亚全集》、傅雷的《巴尔扎克选集》和杨必的《名利场》。

于是,朱生豪译本成为市场上流通最广的莎剧图书,发行量达数千万册。但鲜为人知的是，目前市场上有几十种朱译莎剧的版本，虽然都写着"朱生豪译"，但所依据的大多是人民文学出版社1978年的"校订本"——上世纪60年代初期，人民文学出版社组织一批国内一流专家对朱生豪原译本进行校订和补译，1978年出版成"校订本"——经校订的朱译莎剧无疑是对原译本的改善，但在某种意义上来说，校订者和原译者的思维定式和语言习惯不同，因此经校订后的译文在语言风格的一致性等方面受到了影响，还有学者对某些修改之处也提出存疑，尤其是以"职业翻译家"的思维方式，去校订和补译"文学家翻译"的译本语言，不但改变了朱生豪原译之味道，也可能在一定程度上影响了莎剧"原作之神韵"的保持。

当流行的朱译莎剧都是"被校订"的朱生豪译本时，时下读者鲜知人文校订版和"朱生豪原译本"的差别，错把冯京当马凉，几乎和本色的朱生豪译作失之交臂。因此，近年来不乏有识之士呼吁：还原朱生豪原译之味道，保持莎剧原作之神韵。

中国青年出版社根据朱生豪后人朱尚刚先生推荐的原译版本，对照朱生豪翻译手稿进行审订，还原成能体现朱生豪原译风格、再现朱译莎剧文学神韵的"原译本"系列，让读者能看到一个本色的朱生豪译本（包括他的错漏之处）。

1947年（民国三十六年），世界书局首次出版朱生豪译的《莎士比亚戏剧全集》时，曾计划先行出版"单行本"系列，朱生豪夫人宋清如女士还为此专门撰写了"单行本序"，后因直接出版了三卷本的"全集"，未出单行本而未采用。2012年，朱生豪诞辰100周年之际，经朱尚刚先生授权，以宋清如"单行本序"为开篇，中国青年出版社"第一次"把朱生豪原译的31部莎剧都单独以"原译名"成书出版，制作成"单行本珍藏全集"。

谨以此向"译界楷模"朱生豪100周年诞辰献上我们的一份情意！

2012年8月

《莎剧解读》序（节选）

我们在翻译中，首先碰到的问题就是评论中所引用的莎士比亚原文，究竟由我们自己翻译出来，还是借用任已有的翻译。我们决定借用别人的译文。当时译出的莎剧已经不少，译者大多都是名家，但我们毫不迟疑地选择了朱生豪的译本。朱的译本于抗战时期在世界书局出版，装订为三厚册。他翻译此书时，年仅三十多岁。他不顾当时环境艰苦，条件简陋，以极大的毅力和热忱，完成了这项难度极高的巨大工程，真是令人可敬可服。一九五四年，人民文学出版社将它再版重印，分为十二册，文字没有作什么更动，只是将有些剧本的名字改得朴素一点。我们在翻译莎剧评论时，所援引的原著译文就是根据这一版本。当时我见到主持出版社工作的老友适夷，对他说，他办了一件好事。不料后来，出版社却把这一版本停了，改出新的版本。新版本补充了朱生豪未译的几个历史剧，而对朱译的其他各剧，则请人再据原文校改。校改者虽然大多尊重原译，但是在个别文字上也作了不少订正。从个别字汇来看，不能说这些订正不对，校改者所订正的某些字，确实比原译更确切。但从整体来看，还有原译的精神面貌问题，即传神达旨的问题必须加以考虑。拘泥原著每个字的准确性，不一定就更能传达原著的总体精神面貌。相反，有时甚至可能会损害原著的整体精神。我国古代文论中，刘勰有所谓"谨发而易貌"的说法，即是指此。这意思是说，画家倘拘泥于去画人的每根头发，反而是会使人的面貌走样。汤用彤曾说魏晋识鉴在神明。从那时起我国审美趣味十分重视传神达旨。刘知几《史通》区分了貌同心异与貌异心同两种不同的模拟，认为前者为下，后者为上，也是阐明同一道理。过去我们的翻译理论强调直译，这在一定时期（或在纠正不负责任随心所欲的意译之风时）是必要的，但如果强调过头，忽略传神达旨的重要，那也成为另一种一偏之见了。朱译在传神达旨上可以说是首屈一指的，所以我们翻译莎剧评论引用原剧文字时，仍用未经动过的朱译。我们准备这样做也得到了满涛的同意。后来他在翻译中倘遇到莎剧文字，也同样援用一九五四年出的朱译本子。直到后来，我才知道，朱生豪和我少年时代的老师任铭善先生是大学的同学而且友善，二人在校时即同组诗社唱和。有趣的是任先生学的是外文，后来却弃外文而专攻国学；而朱生豪在校时，读的是中文，后来却弃中文而投身莎士比亚的翻译。朱的译文,不仅优美流畅,而且在韵味、音调、气势、节奏种种行文微妙处,莫不令人击节赞赏,是我读到莎剧中译的最好译文,迄今尚无出其右者。

(此部分摘录自歌德等著,张可、王元化译的《莎剧解读》,经王元化家属桂碧清女士特别授权使用。)

莎氏剧集单行本序[①]

文／宋清如

盖惟意志坚强，识见卓越之士，为能刻苦淬砺，历艰难而不退，守困穷而不移，然后成其功遂其业。吾于生豪之译莎氏剧本全集，亦不得不云然。余识生豪久，知生豪深，洞悉其译莎剧之始末。且大部之成，余常侍其左右，故每念其沥尽心血，未及完工，竟以身殉，恒不自禁其哀怨之切也。

生豪秀水人，幼具异禀，早失怙恃，性情温和若女子。然意志刚强，识见卓越，平生无嗜好，洁身自爱，不屑略涉非礼，颇有伯夷之风。年十八卒业于邑之秀州中学，入杭州之江大学工国文英文两科，师友皆目为杰出之人才。卒业后于世界书局任英文编辑，每公事毕辄浏览群书，尤嗜诗歌。后乃悉心研究莎氏剧本，从事移植。尝谓莎翁著作足以冠盖千古，超越千古，而我国至今尚无全集之译本，诚足令人齿

[①] 1947年世界书局曾经考虑在出版三卷本的《莎士比亚戏剧全集》前先出系列单行本，为此宋清如女士专门拟写了序。后来世界书局没有出单行本，直接出全集了，这篇序也就没有采用。经朱尚刚先生授权，首次在珍藏版莎士比亚戏剧系列单行本上独家采用。——编者注

冷。余决勉为其难,一洗此耻。其译作之经过,略见于其自序。厥后因用心过度,精神日损而贫困日甚。译事伤其神,国事家事短其气,而孜孜矻矻工作益勤,操心益苦。不幸竟于三十三年六月肺疾加剧,委顿床席,奔走无方,医药不继,终致于十二月廿六日未时谢世,年仅三十又四[①]。莎剧全集尚缺五本又半,抱志未酬,哀哉痛哉!

生豪喜诗歌,早年著作均失于战火。尝自辑其旧体诗歌,釐为四卷,分歌行、漫越、长短句及译诗,而命之谓《古梦集》。新体诗则有《小溪集》、《丁香集》等。皆于中美日报馆被占时失去。今所存仅少数新诗耳。

自致力译莎工作以后,绝少写作。良以莎翁作品使之心醉神往,反觉己之粗疏浅陋,不能自惬于怀。尝拟于莎剧全集译竣而后,再译莎翁十四行诗。不意大业未就,遽而弃世。才人命蹇,诚何痛惜!生豪于中国诗人中,酷爱渊明,盖其恬淡之性,殊多同趣也。至于译笔之优劣短长,自有公论,余不欲以偏见淆其面目也。

---

① 朱生豪生于1912年2月(阴历为壬子年12月),1944年12月去世,去世时是32周岁,但若按阴历虚岁计算的话,就是34岁。——编者注

剧中人物

公爵——在放逐中

弗雷特力克——其弟，篡位者

阿米恩斯
杰克斯 } ——逐公的从臣

勒波——弗雷特力克的侍臣

查尔斯——拳师

岳力佛
贾克斯
鄂兰陀 } ——罗兰·第·鲍埃爵士之子

亚丹
丹尼斯 } ——岳力佛之仆

试金石——小丑

岳力佛·马退克斯脱师父——牧师

库林
薛维厄斯 } ——牧人

威廉——乡人，恋奥菊蕾

扮喜神亥门者

罗瑟琳——逐公之女

西莉霞——弗雷特力克之女

菲琵——牧女

奥菊蕾——村姑

众臣，侍童，林居人，及从者等

地点

岳力佛宅旁庭园

篡公的宫廷

亚登森林

第一幕

才穿过浓烟,又钻进烈火,一边是专制的公爵,一边是暴虐的哥哥。

第一场　岳力佛宅旁园中

【鄂兰陀及亚丹上。

鄂　亚丹,我记得遗嘱上只给了我一笔小小的一千块钱,而且正像你所说的,吩咐我的大哥把我好生教养,否则他不能得到他的祝福:我的不幸就这样开始了。他把我的二哥贾克斯送进学校,据说成绩很好;可是我呢,他却叫我像个村汉似的住在家里,或者再说得确当一点,他把我一点不照顾地关在家里:你说像我这种身分的良家子弟,就可以像一条牛那样养着的吗?他的马匹也还比我养得好些;因为除了食料充足之外,还要把它们调练起来,因此用重金雇下了骑师;可是我,他的兄弟,却不曾在他手下得到一点好处,除了让我徒然地长大起来,这是我跟他那些粪堆上的畜生一样要感激他的。他除了这样慷慨地不给我什么之外,还要剥夺去我固有的一点点天分;他叫我和佃工在一起过活,不把我当兄弟看待,用这种教育来摧毁我的高贵的素质。这是使我伤心的缘故,亚丹;我觉得在我身体之内的我的父亲的精神已经因为受不住这种奴隶的生活而反抗起来了。我一定不能再忍受下去,虽然我还不曾想到怎样避免它的妥当的方法。

亚　大爷,您的哥哥,在那边来了。

鄂　走旁边去,亚丹,你就会听到他会怎样欺侮我。

【岳力佛上。

岳　嘿,少爷!你来做什么?

鄂　不做什么;我不曾学习过做什么。

岳　那么你在作践些什么呢,少爷?

鄂　哼,大爷,我在帮您的忙,把一个上帝造下来的,您的可怜的没有用处的兄弟用游惰来作践着哩。

岳　那么你给我做事去,别站在这儿吧,少爷。

鄂　我要去看守您的猪,跟它们一起吃糠吗?我浪费了什么了,才要受这种惩罚?

岳　你知道你在什么地方吗,少爷?

鄂　　噢,大爷,我知道得很清楚;我是在这儿您的园子里。

岳　　你知道你是当着谁说话吗,少爷?

鄂　　啾,我知道我所当面的人,比之他知道我更明白些。我知道你是我的大哥;照你的高贵的血统说起来,你也应该知道我是谁。按着世间的常礼,你的身分比我高些,因为你是长子;可是同样的礼法却不能取去我的血统,即使我们之间还有二十个兄弟。我的血液里有着跟你一样多的我们父亲的素质;虽然我承认你的居长在名分上是应该格外受人敬重一些。

岳　　什么,孩子!

鄂　　算了吧,算了吧,大哥,你不用这样卖老啊。

岳　　你要向我动起手来了吗,混蛋?

鄂　　我不是混蛋;我是罗兰·第·鲍埃爵士的小儿子,他是我的父亲;谁敢说这样一位父亲会生下混儿子来的,才是个大混蛋。你倘不是我的哥哥,我这手一定不放松你的喉咙,直等我那另一只手拔出了你的舌头为止,因为你说了这样的话。你骂的是你自己。

亚　　(上前)好爷爷们,别生气;看在去世老爷的脸上,大家和和气气吧!

岳　　放开我!

鄂　　等我高兴放你的时候再放你；你一定要听我说话。父亲在遗嘱上吩咐你给我好好的教育；你却把我训练得像个农夫，不让我跟上流社会接触。父亲的精神在我心中炽烈起来，我再也忍受不下去了。你得允许我去学习那种适合于上流人身分的技艺；否则把父亲在遗嘱里指定给我的那笔小小的钱给了我，也好让我去自寻生路。

岳　　等到那笔钱用完了你便怎样？去做叫化吗？哼，少爷，给我进去吧，别再跟我找麻烦了；你可以得到你所要的一部分。请你走吧。

鄂　　我不愿过分冒犯你，除了为我自身的利益。

岳　　你跟着他去吧，你这老狗!

亚　　"老狗"便是您给我的谢意吗？一点不错，我服侍你们已经服侍得牙齿都落光了。上帝和我的老爷同在！他是决不会说出这种话来的。（鄂、亚下）

岳　　竟有这种事吗？你不服我管了吗？我要把你的傲气去掉，却不给你那一千块钱。喂，丹尼斯!

【丹尼斯上。

丹　　大爷叫我吗？

岳　　公爵手下那个拳师查尔斯不是在这儿要跟我说话吗？

丹　　禀大爷，他就在门口，要求见您哪。

岳　　叫他进来。（丹下）这是一个妙计；明天就是摔角的日子。

【查尔斯上。

查　　早安，大爷！

岳　　查尔斯好朋友，新朝廷里有些什么新消息？

查　　朝廷里没有什么消息，大爷，只有一些老消息：那就是说老公爵给他的弟弟新公爵放逐了；三四个忠心的大臣自愿跟着他出亡，他们的地产收入都给新公爵没收了去，因此他巴不得他们一个个滚蛋。

岳　　你知道公爵的女儿罗瑟琳是不是也跟她的父亲一起放逐了？

查　　啊，不；因为公爵的女儿，她的族妹，自小便跟她在一个摇篮里长大，非常的爱她，一定要跟她一同出亡，否则便要寻死；所以她现在仍旧在宫里，她的叔父把她像自家女儿样看待着；从来不曾有两位小姐像她们这样要好了。

岳　老公爵预备住在什么地方呢？

查　据说他已经在亚登森林①了，有好多人们跟着他；他们在那边度着英国的老洛滨荷德②那样的生活。据说每天有许多青年贵人投奔到他那儿去，逍遥自得地把时间消磨过去，像是置身在古昔的黄金时代里一样。

岳　喂，你明天要当着新公爵面前摔角吗？

查　正是，大爷；我来就是要通知您一件事情。我得到了一个风声，大爷，说您的令弟鄂兰陀想要假扮了明天来跟我交手一下。明天这一场摔角，大爷，是与我的名誉有关的；谁想不断一根骨头而安然逃出，必须好好留点儿神才行。令弟年纪太轻，顾念着咱

---

① 亚登森林在法国与比利时的东北部，即 Forest of Ardennes；但莎翁意中所写的亚登森林，则为英国 Warwick-shire 的 Forest of Arden。——译者注

② 洛滨荷德（Robin Hood），英国传说中十四世纪时的著名侠盗。——译者注

们的交情，我不能下手把他打败；可是为了我自己的名誉起见，他如果要来，我却非得给他一点利害不可。为此看在咱们的交情分上，我来通报您一声：您或者劝他打断了这个念头；或者请您不用为了他所将要遭到的羞辱而生气，这全然是他自取其咎，并非我的本意。

岳　查尔斯，多谢你对我的好意，我一定会重重报答你的。我自己也已经注意到舍弟的意思，曾经用婉言劝阻过他；可是他执意不改。我告诉你，查尔斯，他是在全法国顶无理可喻的一个兄弟，野心勃勃，一见人家有什么好处心里总是不服，而且老是在阴谋设计陷害我，他的同胞的兄长。一切悉听你的尊意吧；我巴不得你把他的头颈和手指一起搋断了呢。你得留心一些；要是你略为削了他一点面子，或者他不能大大地削你的面子，他就会用毒药毒死你，用奸谋陷害你，非把你的性命用卑鄙的手段除掉了不肯甘休。不瞒你说，我一说起也忍不住要流泪，在现在世界上没有比他更奸恶的年青人了。为了自己兄弟的关系，我还不好怎样说他；假如我把他的真相完全告诉了你,那我一定要惭愧而哭泣,你也要脸色发白而大吃一惊的。

查　　我真运气上您这儿来。假如他明天来,我一定要给他一顿教训;倘若不叫他瘸了腿,我以后再不跟人家摔角赌锦标了。好,上帝保佑您大爷!(下)

岳　　再见,好查尔斯。——现在我要去挑拨这位好勇斗狠的家伙了。我希望他送了命。我自己也不明白为什么我是那么恨他;说起来他很善良,从来不曾受过教育,然而却很有学问,充满了高贵的思想,无论那一等人都爱戴他;真的大家都是这样欢喜他,尤其是我自己手下的人,以致于我倒给人家轻视起来。可是情形不会长久是这样的;这个拳师可以给我解决一切。现在我只消把那孩子激动前去就是了;我就去。(下)

第二场　公爵宫门前草地

【罗瑟琳及西莉霞上。

西　　罗瑟琳，我的好姊姊，请你快活些吧。

罗　　亲爱的西莉霞，我已经强作欢容，你还要我再快活一些吗？除非你能够教我怎样忘掉一个放逐的父亲，否则你总不能叫我记住无论怎样有趣的事情的。

西　　我看出你的爱我抵不上我爱你那样深。要是我的伯父，你的放逐的父亲，放逐了你的叔父，我的父亲，只要你仍旧跟我在一起，我可以爱你的父亲就像我自己的父亲一样。假如你的爱我也像我的爱你一样真纯，那么你也一定会这样的。

罗　　好，我愿意忘记我自己的处境，为了你而高兴起来。

西　　你知道我父亲只有我一个孩子，看来也不见得会再有了，等他去世之后，你便可以承继他；因为他用暴力从你父亲手里夺了来的，我便要用爱心归还给你。凭着我的名誉起誓，我一定会这样；要是我背了誓，让我变成个妖怪。所以，我的好罗瑟琳，我的亲爱的罗瑟琳，快活起来吧。

罗　　妹妹，从此以后我要高兴起来，想出一些消遣的法子。让我看；你想来一下子恋爱怎样？

西　　好的，不妨作为消遣，可是不要认真爱起人来；而且顽笑也总不要开得过度，羞人答答地脸红了一下子就算了，不要弄到丢了脸摆不脱身。

罗　　那么我们作什么消遣呢？

西　　让我们坐下来嘲笑那位好管家太太命运之神，叫她羞得离开了纺车，免得她的赏赐老是不公平①。

罗　　我希望我们能够这样做，因为她的恩典完全是滥给的。这位慷慨的瞎眼婆子在对于女人的赏赐上尤其是乱来。

西　　一点不错，因为被她给了美貌的，她总不让她们贞洁；被她给了贞洁的，她便叫她们生得怪难看的。

罗　　不，现在你把命运的职务拉扯到造物身上去了；命运管理着人间的赏罚，可是管不了天生的相貌。

---

① 命运女神于纺车上织人类的命运；因命运赏罚毫无定准，故下文云"瞎眼婆子"。——译者注

【试金石上。

西　　管不了吗?造物生下了一个美貌的人儿来,命运不会把她推到火里去而损坏了她的容颜吗?造物虽然给我们智慧,可以把命运取笑,可是命运不已经差这个傻瓜来打断我们的谈话了吗?

罗　　真的,那么命运太对不起造物了,她会叫一个天生的傻瓜来打断天生的智慧。

西　　也许这也不干命运的事,而是造物的意思,因为看到我们的天生的智慧太迟钝了,不配议论神明,所以才叫这傻瓜来做我们的砺石;因为傻瓜的愚蠢往往是聪明人的砺石。喂,聪明人!你到那儿去?

试　　小姐,快到您父亲那儿去。

西　　你作起差人来了吗?

试　　不,我以名誉为誓,我是奉命来请您去的。

罗　　傻瓜,你从那儿学来的这一句誓?

试　　从一个武士那儿学来,他以名誉为誓说煎饼很好,又以名誉为誓说芥末不行;可是我知道煎饼不行,芥末很好;然而那武士却也不曾发假誓。

西　　你怎样用你那一大堆的学问证明他不曾发假誓呢?

罗　　啾，对了，请把你的聪明施展出来吧。

试　　您两人都站出来；摸摸你们的下巴，以你们的胡须为誓说我是个坏蛋。

西　　以我们的胡须为誓，要是我们是有胡须的话，你是个坏蛋。

试　　以我的坏蛋的身分为誓，要是我有坏蛋的身分的话，那么我便是个坏蛋。可是假如你们用你们所没有的东西起誓，你们便不算是发的假誓。这个武士用他的名誉起誓，因为他从来不曾有过什么名誉，所以他也不算是发的假誓；即使他曾经有过名誉，也早已在他看见这些煎饼和芥末之前发誓发掉了。

西　　请问你说的是谁？

试　　是您的父亲老弗雷特力克所欢喜的一个人。

西　　我的父亲欢喜他，他也就够有名誉的了。够了，别再说起他；你总有一天会因为把人讥弹而吃鞭子的。

试　　这就可发一叹了，聪明人可以做傻事，傻子却不准说聪明话。

西　　真的，你说的对；自从把傻子的一点点小聪明禁止发表之后，聪明人的一点点小小的傻气却大大地显起身手来了。——勒波先生来啦。

罗西　含着满嘴的新闻。

　　　他会把他的新闻向我们倾吐出来,就像鸽子哺雏一样。

罗　　那么我们要塞满一肚子的新闻了。

西　　那再好没有,塞得胖胖的,卖出去更值钱些。

【勒波上。

西　　您好,勒波先生。有什么新闻?

勒　　好郡主,您错过一场很好的顽意儿了。

西　　顽意儿!什么花色的?

勒　　什么花色的,小姐!我怎么回答您呢?

罗　　凭着您的聪明和您的机缘吧。

试　　或者按照着命运女神的旨意。

西　　说得好,极堆砌之能事了。

勒　　两位小姐,你们叫我莫名其妙。我是要来告诉你们有一场很好的摔角,你们错过机会了。

罗　　可是把那场摔角的情形讲给我们听吧。

勒	我可以把开场的情形告诉你们;假如两位小姐听着乐意,收场的情形你们可以自己看一个明白,精彩的部分还不曾开始呢;他们就要到这儿来表演了。
西	好,就把那个已经陈死了的开场说说看。
勒	有一个老人带着他的三个儿子到来,——
西	我可以把这开头接上一个老故事去。
勒	三个漂亮的青年,长得一表人才;——
罗	头颈里挂着招贴,"特此布告,俾众咸知"。
勒	老大跟公爵的拳师查尔斯摔角,查尔斯一下子就把他摔倒了,打断了三根肋骨,生命已无希望;老二老三也都这样给他对付过去。他们都躺在那边;那个可怜的老头子,他们的父亲,在为他们痛哭,惹得旁观的人都陪他落泪。
罗	嗳哟!
试	但是,先生,您说小姐们错过了的顽意儿是什么呢?
勒	哪,就是我说过的这件事啰。
试	所以人们每天都可以增进一些见识。我今天才是第一次听见折断肋骨是小姐们的顽意儿。
西	我也是第一次呢。

罗　　可是还有谁想要听自己胁下清脆动人的一声吗?还有谁欢喜让他的肋骨给人敲断吗?妹妹,我们要不要去看他们摔角?

勒　　要是你们不走开去,那么不看也得看;因为这儿正是指定摔角的地方,他们就要来表演了。

西　　真的,他们在那边来了;让我们不要走开,看一下子。

【喇叭奏花腔。弗雷特力克公爵,群臣,鄂兰陀,查尔斯,及从者等上。

弗　　来吧;那年青人既然不肯听劝,就让他吃些苦楚,也是他自不量力的报应。

罗　　那边就是那个人吗?

勒　　就是他,小姐。

西　　唉!他太年青啦;可是瞧上去倒好像很有得胜的神气。

弗　　啊,吾儿和侄女!你们也溜到这儿来看摔角吗?

罗　　是的,殿下,请您准许我们。

弗　　我可以断定你们一定不会感到兴趣的,两方的实力太不平均了。我因为可怜见这个挑战的人年纪轻轻,想把他劝阻了，可是他不肯听劝。小姐们，你们去对他说去，看能不能说得动他。

西　叫他过来，勒波先生。

弗　好吧，我就走开去。（退至一旁）

勒　挑战的先生，两位郡主有请。

鄂　敢不奉命。

罗　年青人，你向拳师查尔斯挑战了吗？

鄂　不，美貌的郡主，他才是向众人挑战的人；我不过像别人一样来到这儿，想要跟他较量较量我的青春的力量。

西　年青的先生，照您的年纪而论，您的胆量是太大了。您已经看见了这个人的无情的蛮力；要是您能够用您的眼睛瞧见您自己的形状，或者用您的理智判断您自己的能力，那么您对于这回冒险所怀的戒惧，一定会劝您另外找一件比较适宜于您的事情来做。为了您自己的缘故，我们请求您顾虑您自身的安全，放弃了这种尝试吧。

罗　是的，年青的先生，您的名誉不会因此而受损；我们可以去请求公爵停止这场摔角。

鄂　　我要请你们原谅，我觉得我自己十分有罪，胆敢拒绝这么两位美貌出众的小姐的要求。可是让你们的美目和好意伴送着我去作这场决斗吧。假如我打败了，那不过是一个从来不曾给人看重过的人丢了脸；假如我死了，也不过死了一个自己愿意寻死的人。我不会辜负我的朋友们，因为没有人会哀悼我；我不会对世间有什么损害，因为我在世上一无所有；我不过在世间占了一个位置，也许死后可以让给更好的人来补充。

罗西　我但愿我所有的一点点微弱的气力也加在您身上。

　　　我也愿意把我的力气再加在她的力气上面。

罗西　再会。求上天但愿我错看了您！

　　　愿您的希望成全！

查　　来，这个想要来送死的哥儿在什么地方？

鄂　　已经预备好了，朋友；可是他却不像你这样傲慢。

弗　　你们斗一个回合就够了。

查　　不，启禀殿下，您第一次已经敦劝过他，第二次就可以不必再劝他了。

鄂　　你要在以后嘲笑我，可不必事先就嘲笑起来。来啊。

罗　　赫邱里斯默佑着你,年青人!

西　　我希望我有隐身术,去拉住那强徒的腿。(查、鄂二人摔角)

罗　　啊,出色的青年!

西　　假如我的眼睛里会打雷,我知道谁是要被打倒的。

　　　(查被摔倒;欢呼声)

弗　　算了,算了。

鄂　　请殿下准许我再试;我的一口气还不曾透完哩。

弗　　你怎样啦,查尔斯?

勒　　他说不出话来,殿下。

弗　　把他扛出去。你叫什么名字,年青人?(查被扛下)

鄂　　禀殿下,我是鄂兰陀,罗兰·第·鲍埃的幼子。

弗　　我希望你是别人的儿子。世间都以为你的父亲是个好人,但他却是我的永远的仇敌;假如你是别族的子孙,你今天的行事一定可以使我更喜欢你一些。再见吧;你是个勇敢的青年,我愿你向我说起的是另外一个父亲。(弗、勒、及随从下)

西　　姊姊,假如我在我父亲的地位,我会做这种事吗?

鄂　　我以做罗兰爵士的儿子为荣,即使只是他的幼子;

我不愿改变我的地位，过继给弗雷特力克做后嗣。

罗　我的父亲宠爱罗兰爵士，就像他的灵魂一样；全世界都抱着和我父亲同样的意见。要是我本来就已经知道这位青年便是他的儿子，我一定含着眼泪谏劝他不要作这种冒险。

西　好姊姊，让我们到他跟前去鼓励鼓励他。我父亲的无礼猜忌的脾气，使我十分痛心。——先生，您很值得尊敬；要是您在恋爱上也像在别的事情上一样守信，那么您的情人一定是很有福气的。

罗　先生，（自颈上取下颈链赠鄂）为了我的缘故，请戴上这个吧；我是个失爱于运命的人，心有余而力不足，不过略表微忱而已。我们去吧，妹妹。

西　好。再见，好先生。

鄂　我不能说一句谢谢你吗？我的勇气都已丧失，站在这儿的只是一个人形的枪靶，一块没有生命的木石。

罗　他在叫我们回去。我的矜傲随着我的运命一起摧毁了；我且去问他有什么话说。您叫我们吗，先生？先生，您摔角摔得很好；给您征服了的，不单是您的敌人。

西　　去吧，姊姊。

罗　　你先走，我跟着你。再会。（罗，西下）

鄂　　什么一种情感重压住我的舌头？虽然她想跟我交谈，我却想不出话来对她说。可怜的鄂兰陀啊，你给征服了！取胜了你的，不是查尔斯，却是比他更柔弱的人儿。

【勒波重上。

勒　　先生，我为着好意劝您还是离开这地方吧。虽然您很值得恭维赞扬和敬爱，但是公爵的脾气太坏，他会把您一切的行事都误会了。公爵的心性有点捉摸不定；他的为人怎样我不便说，还是您自己去忖度忖度吧。

鄂　　谢谢您，先生。我还要请您告诉我，这两位小姐中间那一位是在场的公爵的女儿？

勒　　要是我们照行为举止上看起来，两个可说都不是他的女儿；但是那位矮小一点的是他的女儿。另外一个便是放逐在外的公爵所生，被她这位篡位的叔父留在这儿陪伴他的女儿；她们两人的相爱是远过于同胞姊妹的。但是我可以告诉您，新近公爵对于他这位温柔的侄女有点不乐意；毫无理由，只是因为人民都称赞她的品德，为了她那位好父亲的缘故而同情她；我可以断定他对于这位小姐的恶意就会突然显露出来的。再会吧，先生；我希望在另外一个较好的世界里可以再跟您多多结识。

鄂　　我非常感荷您的好意；再会。（勒下）才穿过浓烟，又钻进烈火；一边是专制的公爵，一边是暴虐的哥哥。可是天仙一样的罗瑟琳啊！（下）

第三场　宫中一室

【西莉霞及罗瑟琳上。

西　　喂，姊姊！喂，罗瑟琳！爱神哪！没有一句话吗？

罗　　连可以丢给一条狗的一句话也没有。

西　　不，你的话是太宝贵了，怎么可以丢给贱狗呢？丢给我几句吧。来，讲一些道理来叫我浑身瘫痪。

罗　　那么姊妹两人都害了病了：一个是给道理害得浑身瘫痪，一个是因为想不出什么道理来而发了疯。

西　　但这是不是全然为了你的父亲？

罗　　不，一部分是为了我的孩子的父亲。唉，这个平凡的世间是多么充满了荆棘呀！

西　　姊姊，这不过是些有刺的果壳，为了取笑玩玩而丢在你身上的；要是我们不在步道上走，我们的裙子就要给它们抓住。

罗　　在衣裳上的我可以把它们抖去；但是这些刺是在我的心里呢。

西　　你咳嗽一声就咳出来了。

罗　　要是我咳嗽一声，他就会应声而来，那么我倒会试一下的。

西　　算了算了；使劲儿把你的爱情克服下来吧。

罗　　唉！我的爱情比我气力大得多哩！

西　　啊，那么我替你祝福吧！即使你要失败，也得试一下。但是把笑话搁在一旁，让我们正正经经谈谈。你真的会突然这样猛烈地爱上了老罗兰爵士的小儿子吗？

罗　　我的父亲和他的父亲非常要好呢。

西　　因此，你也必须和他的儿子非常要好吗？照这样说起来，那么我的父亲非常恨他的父亲，因此我也应当恨他了；可是我却不恨鄂兰陀。

罗　　不，看在我的面上，不要恨他。

西　　为什么不呢？他不是值得恨的吗？

罗　　因为他是值得爱的，所以让我爱他；因为我爱他，所以你也要爱他。瞧，公爵来了。

西　　他满眼都是怒气。

【弗雷特力克公爵率从臣上。

弗　姑娘，为了你的安全，你得赶快收拾起来，离开我们的宫廷。

罗　我吗，叔父？

弗　你，侄女。在这十天之内，要是发现你在离我们宫廷二十哩之内，就得把你处死。

罗　请殿下开示我，我犯了什么罪过。要是我有自知之明，要是我并没有做梦，也不曾发疯，——我相信我没有，——那么，亲爱的叔父，我从来不曾起过半分触犯您老人家的念头。

弗　一切叛徒都是这样的；要是他们凭着口头的话便可以免罪，那么他们都是再清白没有的了。可是我不能信任你，这一句话就够了。

罗　但是您的不信任不能便使我变成叛徒；请告诉我您有什么证据？

弗　你是你父亲的女儿；还用得着别的话吗？

罗　当您殿下夺去了我父亲的公国的时候，我就是他的女儿；当您殿下把他放逐的时候，我也还是他的女儿。叛逆并不是遗传的，殿下；即使我们受到亲友的牵连，那与我又有什么相干？我的父亲并不是个叛徒呀。所以，殿下，别看错了我，把我的穷迫看作了奸慝。

西 好殿下，听我说。

弗 嗯，西莉霞。我让她留在这儿，只是为了你的缘故，否则她早已跟她的父亲流浪去了。

西 那时我没有请您让她留下；那是您自己的主意，因为您自己觉得不好意思。那时我还太小不曾知道她的好处；但现在我知道她了。要是她是个叛逆，那么我也是。我们一直都睡在一起，同时起床，一块儿读书，同游同食，无论到什么地方去，都像朱诺的一双天鹅①，永远成着对拆不开来。

弗 她这人太阴险，你敌不过她；她的和气，她的沉默，和她的忍耐，都能感动人心，叫人民可怜她。你是个傻子，她已经夺去了你的名誉；她去了之后，你就可以显得格外光彩而贤德了。所以闭住你的嘴；

---

①按朱诺（Juno，天后）之鸟为孔雀，天鹅为维纳丝（Venus，爱神）之鸟。——译者注

   我对她所下的判决是确定而无可挽回的,她必须被放逐。

西 那么您把这句判决也加在我身上吧,殿下;我没有她作伴便活不下去。

弗 你是个傻子。侄女,你得端整起来;假如误了期限,凭着我的名誉和我的言出如山的命令,便要把你处死。(偕从臣下)

西 唉,我的可怜的罗瑟琳!你到那儿去呢?你肯不肯换一个父亲?我把我的父亲给了你吧。请你不要比我更伤心。

罗 我比你有更多的伤心的理由。

西 你没有,姊姊。请你高兴一点;你知道不知道,公爵把他的女儿也放逐了?

罗 他没有。

西 没有?那么罗瑟琳还没有那种爱情,使你明白你我两人有如一体。我们难道要拆散了吗?我们难道要分手了吗,亲爱的姑娘?不,让我的父亲另外找一个后嗣吧。你应该跟我商量我们应当怎样飞走,到那儿去,带些什么东西。不要因为环境的变迁而独自伤心，让我分担一些你的心事吧。我对着因为同情我们而惨白的天空起誓，无论你怎样说，我都要跟你一起走。

罗 但是我们到那儿去呢？

西 到亚登森林找我的伯父去。

罗 唉，像我们这样的姑娘家，走这么远路，该是多么危险！美貌比金银更容易引起盗心呢。

西 我可以穿了破旧的衣裳，用些黄泥涂在脸上，你也是这样；我们便可以通行过去，不会遭人家算计了。

罗 我的身材特别高，完全穿得像个男人一样岂不更好？腰间插一把出色的匕首，手里拿一柄刺野猪的长矛；心里尽管隐藏着女人家的胆怯，俺要在外表上装出一副雄纠纠气昂昂的样子来，正像那些冒充好汉的懦夫一般。

西 你做了男人之后，我叫你什么名字呢？

罗 我要取一个和乔武的侍童一样的名字，所以你叫我盖尼密①吧。但是你叫什么呢？

---

① 盖尼密（Ganymede），乔武（Jove，即 Jupiter）之持爵童子。——译者注

西　我要取一个可以表示我的境况的名字；不要再叫西莉霞，叫爱莲娜①吧。

罗　但是妹妹，我们设法去把你父亲宫庭里的小丑偷了来好不好？他在我们的旅途中不是很可以给我们解闷吗？

西　他要跟着我走遍广大的世界；让我独自去向他说吧。我们且去把珠宝钱物收拾起来。我出走之后，他们一定要追寻，我们该想出一个顶适当的时间和顶安全的方法来避过他们。现在我们是满心的欢畅，去找寻自由，不是流亡。（同下）

---

① 爱莲娜，原文 Aliena，暗示 alienated（远隔）之意。——译者注

第二幕

现在的人们努力工作,只是为着希望高升,等到目的一达到,便耽于安逸。

第一场　亚登森林

【长公爵,阿米恩斯,及众臣作林居人装束上。

公　我的流放生涯中的同伴和弟兄们,我们不已经习惯了这种生活,觉得它比虚饰的浮华有趣得多吗?这些树林不比猜嫉的朝廷更为安全吗?我们在这儿所感觉到的,只是时序的改变,那是上帝加于亚当的惩罚[①];那冬天的风张舞着冰雪的爪牙,发出暴声的呼啸,即使当它砭刺着我的身体,使我寒冷而抖缩的时候,我也会微笑着说,"这不是谄媚啊;它们就像是忠臣一样,谆谆提醒我所处的地位。"逆运也有它的好处,就像丑陋而有毒的蟾蜍,它的头上却顶着一颗珍贵的宝石。我们的这种生活,虽然与世间相遗弃,却可以听树木的谈话,溪中的流水便是大好的文章,一石之微,也暗寓着教训;每一

---

① 亚当(Adam,人类的始祖)未逐出乐园之前,四季常春。——译者注

件事物中间，都可以找到些益处来。我不愿改变这种生活。

阿　殿下真是幸福，能把运命的顽逆说成了这样恬静而可爱的样子。

公　来，我们打鹿去吧；可是我心里却有些不忍，这种可怜的花斑的蠢物，本来是这荒凉的城市中的居民，在他们自己的领域之内，他们的肥圆的腰肉上却要受到箭镞的刺伤。

甲臣　不错，那忧愁的杰克斯很为那事伤心，发誓说您在那上面比之您那篡位的兄弟是一个更大的篡位者。今天阿米恩斯大人跟我两人悄悄地躲在背后，瞧他躺在一株橡树底下，那古老的树根露出在沿着林旁潺潺流去的溪水面上，有一只可怜的失群的牡鹿中了猎人的箭伤，奔到那边去喘气；真的，殿下，这头不幸的畜生发出了那样的呻吟，真要把它的皮囊都涨破了，一颗颗粗圆的眼泪怪可怜地争先恐后流下在它的无辜的鼻子上；忧愁的杰克斯瞧着这头可怜的毛畜这样站在急流的小溪边，用眼泪添注在溪水里。

公　　但是杰克斯怎样说呢？他见了此情此景，不又要讲起一番道理来了吗？

甲臣　啊，是的，他作了一千种的譬喻。起初他看见那鹿把眼泪浪费地流下了水流之中，便说，"可怜的鹿，你就像世人立遗嘱一样，把你所有的一切给了那已经有得太多的人。"于是，看它孤身独自，被它那些皮毛柔滑的朋友们所遗弃，便说，"不错，人倒了霉，朋友也不会来睬你了。"不久又有一群吃得饱饱的，无忧无虑的鹿跳过它的身边，也不停下来向它打个招呼；"嗯，"杰克斯说，"奔过去吧，你们这批肥胖而富于脂肪的市民们；世事无非如此，那个可怜的破产的家伙，瞧他作甚么呢？"他这样用最恶毒的话来辱骂着乡村，城市，和宫廷的一切，甚至于骂着我们的这种生活；发誓说我们只是些篡位者，暴君，或者比这更坏的人物，到这些畜生们的天然的居处来惊扰它们，杀害它们。

公　　你们就在他作这种思索的时候离开了他吗？

甲臣　是的，殿下，就在他为了这头啜泣的鹿而流泪发议论的时候。

公　　带我到那地方去，我欢喜趁他发愁的时候去见他，因为那时他最富于见识。

甲臣　我就领您去见他。（同下）

第二场　宫中一室

【弗雷特力克公爵，群臣，及从者上。

弗　难道没有一个人看见她们吗？决不会的；一定在我的宫廷里有奸人知情串通。

甲臣　我不曾听见谁说曾经看见她。她寝室里的女侍们都看她上床；可是一早就看见床上没有她们的郡主了。

乙臣　殿下，那个常常逗您发笑的下贱小丑也失踪了。郡主的女侍雪丝卑梨霞供认她曾经偷听到郡主跟她的姊姊常常称赞最近在摔角赛中打败了强有力的查尔斯的那个汉子的技艺和人品；她说她相信不论她们到那里去，那个少年一定是跟她们在一起的。

弗　差人到他哥哥家里去，把那家伙抓来；要是他不在，就带他的哥哥来见我，我要叫他去找他。马上去；这两个逃走的傻子一定要用心搜寻探访，非把她们寻回来不可。（众下）

第三场　岳力佛家门前

【鄂兰陀及亚丹自相对方向上。

鄂　　那边是谁?

亚　　啊!我的少爷吗?啊,我的善良的少爷!我的好少爷!啊,您叫人想起了老罗兰爵爷!唉,您为什么到这里来呢?您为什么是这样好呢?为什么人家要爱您呢?为什么您是这样仁善,这样健壮,这样勇敢呢?为什么您这么傻要去把那乖僻的公爵手下那个壮大的拳师打败呢?您的声誉是来得太快了。您不知道吗,少爷,有些人常会因为他们太好了,反而害了自己?您也正是这样;您的好处,好少爷,就是陷害您自身的圣洁的叛徒。唉,这算是一个什么世界,怀德的人会因为他们的德行而反遭毒手!

鄂　　啊,怎么一回事?

亚　　唉,不幸的青年!不要走进这扇门来;在这屋子里潜伏着您一切美德的敌人呢。您的哥哥,——不,不是哥哥，然而却是您父亲的儿子，——不，他也不能称为他的儿子，——他听见了人家称赞您的话，预备在今夜放火烧去您所住的屋子；要是这计划不成功，他还会想出别的法子来除掉您。他的阴谋给我偷听到了。这儿不是安身之处，这屋子不过是一所屠场，您要回避，您要警戒，别走进去。

鄂　什么，亚丹，你要我到那儿去？

亚　随您到那儿去都好，只要不在这儿。

鄂　什么，你要我去做个要饭的吗？还是在大路上做一个忝喝无耻的强盗？我只好走这种路，否则我就不知道怎么办；可是即使我有这种本事，我也不愿这样干；我宁愿忍受一个不念手足之情的凶狠的哥哥的恶意。

亚　可是不要这样。我在您父亲手下侍候了这许多年，曾经辛辛苦苦把工钱省下了五百块；我把那笔钱存下，本来是预备等我没有气力做不动事的时候做养老之本，人一老不中用了，是会给人踢在角落里的。您拿了去吧；上帝给食物与乌鸦，他也不会忘记把麻雀喂饱，我这一把年纪，就悉听他的慈悲吧！钱就在这儿；我把它全给了您了。让我做您的仆人。我虽然瞧上去这么老，可是我的气力还不错；因为我在年青时候从不曾灌下过一滴猛烈的酒，也不曾卤莽地贪欲伤身，所以我的老年譬比是个生气勃勃的冬天，虽然结着严霜，却并不惨淡。让我跟着您去；我可以像一个年青人一样，为您照料一切。

鄂　啊，好老人家！在你身上多么明白地表显出来古时那种忠心的服务，不是为着报酬，只是为了尽职而流着血汗！你是太不合时了；现在的人们努力工作，只是为着希望高升，等到目的一达到，便耽于安逸；你却不是这样。但是，可怜的老人家，你虽然这样辛辛苦苦地费尽培植的工夫，给你培植的却是一株不成材的树木，开不出一朵花来酬答你的殷勤。可是赶路吧，我们要在一块儿走；在我们没有把你年青时的积蓄化完之前，一定要找到一处小小的安身的地方。

亚　少爷，走吧；我愿意忠心地跟着您，直至喘尽最后一口气。从十七岁起我到这儿来，到现在快八十了，却要离开我的老地方。许多人们在十七岁的时候去

追求幸运,但八十岁的人是不济的了;可是我只要能够有个好死,对得住我的主人,那么命运对我也不算无恩。(同下)

第四场　亚登森林

【罗瑟琳男装，西莉霞作牧羊女装束，及试金石上。

罗　　天哪！我的精神多么疲乏啊。

试　　我可不管我的精神，假如我的两腿不疲乏。

罗　　我简直想丢了我这身男装的脸，而像一个女人样哭起来；可是我必须安慰安慰这位小娘子，穿褐衫短裤的，总该向穿裙子的显出一点勇气来才是。好，提起精神来吧，好爱莲娜。

西　　请你担待担待我吧；我再也走不动了。

罗　　好，这儿就是亚登森林了。

试　　噢，现在我到了亚登了。我真是个大傻瓜！在家里舒服得多哩；可是旅行人只好知足一点。

罗　　对了，好试金石。你们瞧，谁来了；一个年青人和一个老头子在一本正经地讲话。

【库林及薛维厄斯上。

库　你那样不过叫她永远把你笑骂而已。

薛　啊,库林,你要是知道我是多么爱她!

库　我有点猜得出来,因为我也曾经恋爱过呢。

薛　不,库林,你现在老了,也就不能猜想了;虽然在你年青的时候,你也像那些半夜三更在枕上翻来覆去的情人们一样真心。可是假如你的爱也是跟我差不多的,——我想一定没有人会像我那样爱法,——那么你为了你的痴心梦想,一定做出过了多少可笑的事情来呢!

库　我做过一千种的傻事,现在都已忘记了。

薛　噢!那么你就是不曾诚心爱过。假如你记不得你为了爱情而作出来的一件最琐细的傻事,你就不算真的恋爱过。假如你不曾像我现在这样坐着絮絮讲你的姑娘的好处,使听的人不耐烦,你就不算真的恋爱过。假如你不曾突然离开你的同伴,像我的热情现在驱使着我一样,你也不算真的恋爱过。啊,菲琵!菲琵!菲琵!(下)

罗　唉,可怜的牧人!我在诊探你的痛处的时候,却不幸地找到我自己的创伤了。

试　　我也是这样。我记得我在恋爱的时候，曾经把一柄剑在石头上摔碎，叫那趁夜里来和琴四妹儿幽会的家伙留心着我；我记得我曾经吻过她的洗衣棍子，也吻过被她那双皲裂的玉手挤过的母牛乳头；我记得我曾经把一颗豌豆荚权当作她而向她求婚，我剥出了两颗豆子，又把它们放进去，边流泪边说，"为了我的缘故，请您留着作个记念吧。"我们这种多情种子都会做出一些古怪事儿来；但是我们既然都是凡人，一着情了魔是免不得要大发其痴劲的。

罗　　你的话聪明得出于你自己意料之外。

试　　嗷，我总不知道自己的聪明，除非有一天我给它绊跌断了我的腿骨。

罗　　天神，天神！这个牧人的痴心，很有几分像我自己的情形。

试　　也有点像我的情形；可是在我似乎有点儿陈腐了。

西　　请你们随便那一位去问问那边的人，肯不肯让我们用金子向他买一点吃的东西；我简直要乏力死了。

试　　喂，你这蠢货！

罗　　别响，傻子；他并不是你的一家人。

库　　谁叫？

试　　比你好一点的人，朋友。

库　　要是他们不比我好一点，那可寒得太不成话啦。

罗　　对你说，别响。——您晚安，朋友。

库　　晚安，好先生；各位晚安。

罗　　牧人，假如人情或是金银可以在这种荒野里换到一点款待的话，请你带我们到一处可以休息下子吃些东西的地方去好不好？这一位小姑娘赶路疲乏，快要晕去了。

库　　好先生，我可怜她，不是为我自己打算，只是为了她的缘故，我但愿我有能力帮助她；可是我只是给别人看羊的，羊儿虽然归我饲养，羊毛却不归我薅。我的东家很小气，从不会修修福做点儿好事；而且他的草屋，他的羊群，他的牧场，现在都要出卖了。现在我们的牧舍里因为他不在家，没有一点可以给你们吃的东西；但是别管它有些什么，请你们来瞧瞧看，我对你们是极其欢迎的。

罗　　他的羊群和牧场预备卖给谁呢？

库　　就是刚才你们看见的那个年青汉子，他是从来不想要买什么东西的。

罗　要是没有什么不对的地方,我请你把那草屋牧场和羊群都买下了,我们给你出钱。

西　我们还要加你的工钱。我欢喜这地方,很愿意在这儿消度我的时光。

库　这注家私一定可以成交。跟我来;要是你们打听过后,对于这块地皮,这种收益,和这样的生活觉得中意的话,我愿意做你们十分忠心的仆人,马上用你们的钱去把它买来。(同下)

第五场　林中的另一部分

【阿米恩斯,杰克斯,及余人等上。

阿　　（唱）

绿树高张翠幕,

谁来偕我偃卧,

翻将欢乐心声,

学唱枝头鸟鸣:

盍来此?盍来此?盍来此?

目之所接,

精神契一,

唯忧雨雪之将至。

杰　　再来一个,再来一个,请你再唱下去。

阿　　那会叫您发起愁来的,杰克斯先生。

杰　　再好没有。请你再唱下去!我可以从一曲歌中抽出愁绪来,就像黄鼠狼吮啜鸡蛋一样。请你再唱下去吧!

阿　　我的喉咙很粗,我知道一定不能讨您的欢喜。

杰	我不要你讨我的欢喜;我只要你唱。来,再唱一阕;你是不是把它们叫作一阕一阕的?
阿	随您高兴怎样叫吧,杰克斯先生。
杰	不,我倒不去管它们叫甚么名字;它们又不借我的钱。你唱起来吧!
阿	既蒙敦促我就勉为其难了。
杰	那么好,要是我会感谢什么人的,我一定会感谢你;可是人家所说的恭维就像是两只狗猿碰了头,倘使有人诚心感谢我,我就觉得好像我给了他一个铜子,所以他像一个叫化似的向我道谢。来,唱起来吧;你们不唱的都不要作声。
阿	好,我就唱完这支歌。列位,铺起食桌来吧;公爵就要到这株树下来喝酒了。他已经找了您整整的一天。
杰	我已经躲避了他整整的一天。他太喜欢辩论了,我不高兴跟他在一起;我想到的事情像他一样多,可是谢谢天,我却不像他那样会说嘴。来,唱吧。
阿	(唱,众和) 孰能敝屣尊荣,

来沐丽日光风，

觅食自求果腹，

一饱欣然意足：

盍来此？盍来此？盍来此？

目之所接，

精神契一，

唯忧雨雪之将至。

杰　昨天我曾经按着这调子作了一节，倒要献丑献丑。

阿　我可以把它唱起来。

杰　是这样的：

倘有痴愚之徒，

忽然变成蠢驴，

趁着心性颠狂，

撇却财富安康，

特达米，特达米，特达米，

何为来此？

举目一视，

唯见傻瓜之遍地。

阿　"特达米"是什么意思？

杰　　这是希腊文里召唤傻子们排起圆圈来的一种咒语。——假如睡得成觉的话,我要睡觉去;假如睡不成,我就要把埃及地方一切头胎生的[①]痛骂一顿。

阿　　我可要找公爵去;他的点心已经预备好了。(各下)

---

①《旧约·出埃及》记载上帝降罚埃及,凡埃及一切头胎生的皆遭瘟死;此处杰克斯暗讽长公爵。——译者注

第六场　林中的另一部分

【鄂兰陀及亚丹上。

亚　　好少爷,我再也走不动了;唉!我要饿死了。让我在这儿躺下挺尸吧。再会了,好心的少爷!

鄂　　啊,怎么啦,亚丹!你再没有勇气了吗?再活一些;提起一点精神来,高兴点儿。要是这座古怪的林中有什么野东西,那么我倘不是给它吃了,一定会把它杀了来给你吃的。你并不是真就要死了,不过在胡思乱想而已。为了我的缘故,提起精神来吧;把死神拖一拖住,我去一去就回来看你,要是我找不到什么可以给你吃的东西,我一定答应你死去;可是假如你在我没有回来之前便死去,那你就是看不起我的辛苦了。说得好!你瞧上去很高兴。我立刻就来。可是你躺在寒风里呢;来,我把你背到有遮荫的地方去。只要这块荒地里有活东西,你一定不会因为没有饭吃而饿死。高兴起来吧,好亚丹。(同下)

第七场　林中的另一部分

【食桌铺就。长公爵,阿米恩斯,及亡命诸臣上。

公　　我想他一定已经变成一头畜生了,因为我到处找不到他的人影儿。

甲臣　殿下,他刚刚走开去;方才他还在这儿很高兴地听人家唱歌儿。

公　　要是浑身都是不和谐的他,居然也会变得爱好起音乐来,那么天体上不久就要大起骚闹了。去找他来,对他说我要跟他谈谈。

甲臣　他自己来了,省了我一番跋涉。

【杰克斯上。

公　　啊,怎么啦,先生!这算什么,您的可怜的朋友们一定要千求万唤才把您请得来吗?啊,您的神气很高兴哩!

杰　　一个傻子,一个傻子!我在林中遇见一个傻子,一个身穿彩衣的傻子;唉,苦恼的世界!我遇见了一个傻子,正如我是靠着食物而活命的;他躺着晒太阳,用头头是道的话辱骂着命运女神,然而他仍然不过是个穿彩衣的傻子。"早安,傻子,"我说。"不,先生,"他说,"等到老天保佑我发了财,您再叫我傻子吧。"[①]于是他从袋里掏出一只表来,用没有光彩的眼睛瞧着它,很聪明地说,"现在是十点钟了;我们可以从这里看出世界是怎样在变迁着:一小时之前还不过是九点钟,而再过一小时便是十一点钟了;照这样一小时一小时过去,我们越长越老,越老越不中用,这上面就大可发感慨了。"我听见这个穿彩衣的傻子对着时间发挥了这么一段玄理,我的胸头要像公鸡一样叫起来了,奇怪着傻子居然会有这样深刻的思想;我笑了个不停,在他的表上整整笑去了一个小时。啊,高贵的傻子!可敬的傻子!彩衣是最好的装束。

---

① 成语有"愚人多福"(Fortune favours fools),故云。——译者注

公　　这是个怎么样的傻子?

杰　　啊,可敬的傻子!他曾经出入宫廷;他说凡是年青貌美的小姐们,都是有自知之明的。他的头脑就像航海回来剩下的饼干那样干燥,其中的每个角落里却塞满了人生经验,他都用杂乱的话儿随口说了出来。啊,我但愿我也是个傻子!我想要穿一件花花的外套。

公　　你可以有一件。

杰　　这是我唯一要求的一身服装;只要您愿意把一切以为我是个聪明人这种观念除掉,别让它蒙蔽了您的明鉴;同时要准许我有像风那样广大的自由,高兴吹着谁便吹着谁:傻子们是有这种权利的,最被我的傻话所挖苦的,最应该笑。殿下,为什么他们必须这样呢?这理由正和到教区礼拜堂去的路一样明白:被一个傻子用俏皮话讥刺了的,即使刺痛了,假如不装出一副若无其事的态度来,那么就显出聪明人的傻气,可以被傻子不经意一箭就刺穿,未免太傻了。给我穿一件彩衣,准许我说我心里的话;我一定会痛痛快快地把这染病的世界的丑恶的身体清洗个干净，假如他们肯耐心接受我的药方。

公　　算了吧！我知道你会做出些什么来。

杰　　我可以赌一根筹码，我做的事会不好吗？

公　　最坏不过的罪恶，就是指斥他人的罪恶；因为你自己也曾经是一个放纵你的兽欲的浪子；你要把你那身为了你的胡调而长起来的臃肿的脓疮，溃烂的恶病，向全世界播散。

杰　　什么，呼斥人间的骄傲，难道便是对于个人的攻击吗？人们的骄傲不是像海潮一样浩瀚地流着，直到它力竭而消退？假如我说城里的那些小户人家的妇女穿扮得像王公大人的女眷一样，我指明是那一个女人吗？谁能挺身出来说我说的是她，假如她的邻居也是和她一个样子？一个操着最微贱行业的人，假如心想我讥讽了他，说他的好衣服不是我出的钱，那不是恰恰把他的愚蠢合上了我的说话吗？照此看来，又有什么关系呢？给我看我的说话伤害了他什么地方：要是说的对，那是他自取其咎；假如他问心无愧，那么我的责骂就像是一头野鸭飞过，不干谁的事。——可是谁来了？

【鄂兰陀拔剑上。

鄂　　停住,不准吃!

杰　　嘿,我还不曾吃过呢。

鄂　　而且也不会再给你吃,除非让饿肚子的人先吃过了。

杰　　这头公鸡是那儿来的?

公　　朋友,你是因为落难而变得这样强横吗?还是因为生来就是瞧不起礼貌的粗汉子,一点儿不懂得规矩?

鄂　　你第一下就猜中我了,困苦逼迫着我,使我不得不把温文的礼貌抛开一旁;可是我却是在都市生长,受过一点儿教养的。但是我吩咐你们停住;在我的事情没有办完之前,谁碰一碰这些果子的,就得死。

杰　　你要是无理可喻,那么我准得死。

公　　你要什么?假如你不用暴力,客客气气地向我们说,我们一定会更客客气气地对待你。

鄂　　我快饿死了;给我吃。

公　　请坐请坐,随意吃吧。

鄂　　你说得这样客气吗?请你原谅我,我以为这儿的一切都是野蛮的,因此才装出这副暴横的威胁的神气来。可是不论你们是些什么人,在这儿人踪不到的荒野里，躺在凄凉的树荫下，不理会时间的消逝；假如你们曾经见过较好的日子，假如你们曾经到过鸣钟召集礼拜的地方，假如你们曾经参加过上流人的宴会，假如你们曾经揩过你们眼皮上的泪水，懂得怜悯和被怜悯的，那么让我的温文的态度格外感动你们：我抱着这样的希望，惭愧地藏好我的剑。

公　我们确曾见过好日子，曾经被神圣的钟声召集到教堂里去，参加过上流人的宴会，从我们的眼上揩去过被神圣的怜悯所感动而流下的眼泪；所以你不妨和和气气地坐下来，凡是我们可以帮忙满足你需要的地方，一定愿意效劳。

鄂　那么请你们暂时不要把东西吃掉，我就去像一只母鹿一样找寻我的小鹿，把食物喂给他吃。有一位可怜的老人家，全然出于好心，跟着我一跷一拐地走了许多疲乏的路，两星期的劳悴，他的高龄和饥饿累倒了他；除非等他饱了之后，我决不接触一口食物。

公　快去找他，我们绝对不把东西吃去，等着你回来。

鄂　谢谢；愿您好心有好报！（下）

公　你们可以看见不幸的不只是我们；这个广大的宇宙

的舞台上,还有比我们所扮演的更悲惨的场面呢。

杰 全世界是一个舞台,所有的男男女女不过是一些演员;他们都有下场的时候,也都有上场的时候。一个人的一生中扮演着好几个角色,他的表演可以分为七个时期。最初是婴孩,在保姆的怀中啼哭呕吐。然后是背着书包,满脸红光的学童,像蜗牛一样慢吞吞地拖着脚步,不情不愿地呜咽着上学堂。然后是情人,像炉灶一样叹着气,写了一首悲哀的歌篇咏着他恋人的眉毛。然后是一个军人,满口发着古怪的誓,胡须长得像豹子一样,爱惜着名誉,动不动就要打架儿,在炮口上寻求着泡沫一样的荣名。然后是法官,胖胖圆圆的肚子塞满了阉鸡,凛然的眼光,整洁的胡须,满嘴都是些格言和老生常谈;他也扮了他的一个角色。第六个时期变成了精瘦的趿着拖鞋的龙钟老叟,鼻子上架着眼镜,腰边悬着钱袋;他那小小心心省下来的年青时候的长袜子套在他皱瘪的小腿上宽大异常;他那朗朗的男子的口音又变成了孩子似的尖声,像是吹着风笛和哨子。终结着这段古怪的多事的历史的最后一场,是孩提时代的再现,全然的遗忘,没有牙齿,没有眼睛,没有口味,没有一切。

【鄂兰陀背亚丹重上。

公	欢迎!放下你背上那位可敬的老人家,让他吃东西吧。
鄂	我代他向您谒诚道谢。
亚	您真该代我道谢;我简直不能为自己向您开口道谢呢。
公	欢迎,请用吧;我还不会马上就来打扰你问你的遭遇。给我们奏些音乐,贤卿,你唱吧。
阿	(唱)

不惧冬风凛冽,

风威远难邋及

人世之寡情;

其为气也虽厉,

其牙尚非甚锐,

风体本无形。

噫嘻乎!且向冬青歌一曲:

友交皆虚妄,恩爱痴人逐。

噫嘻乎冬青!

可乐唯此生。

不愁沍天冰雪,

其寒尚难邃及

受施而忘恩;

风皱满池碧水,

利刺尚难邃比

捐旧之友人。

噫嘻乎!且向冬青歌一曲;

友交皆虚妄,恩爱痴人逐。

噫嘻乎冬青!

可乐唯此生。

公　照你刚才悄声儿老老实实告诉我的,你说你是好罗兰爵士的儿子,我看你的相貌也真的十分像他,如果不是假,那么我真心欢迎你到这儿来。我便是敬爱你父亲的那个公爵。关于你其他的遭遇,到我的洞里来告诉我吧。好老人家,我们欢迎你像欢迎你的主人一样。搀扶着他。把你的手给我让我明白你们一切的经过。(众下)

第三幕

天黑是因为没有了太阳,生来愚笨怪祖父,学而不慧师之惰。

第一场　宫中一室

【弗雷特力克公爵,岳力佛,群臣,及从者等上。

弗　　以后没有见过他!哼,哼,不见得吧。倘不是因为仁慈在我的心里占了上风,有着你在眼前,我尽可以不必找一个不在的人出气的。可是你留心着吧,不论你的兄弟在什么地方,都得去给我找来;亮起灯笼去寻访吧;在一年之内,要把他不论死活捉到,否则你不用再在我们的领土里过活了。你的土地和一切你自命为属于你的东西,值得没收的我们都要没收,除非等你能够凭着你兄弟的招供洗刷去我们对你的怀疑。

岳　　求殿下明鉴!我从来就不曾欢喜过我的兄弟。

弗　　这可见你更是个坏人了。好,把他赶出去;吩咐该管官吏把他的房屋土地没收。赶快把这事办好,叫他滚蛋。(众下)

第二场　亚登森林

【鄂兰陀携纸上。

鄂　悬在这里吧,我的诗,证明我的爱情;
你三重王冠的夜间的女王,请临视①,
从苍白的昊天,用你那贞洁的眼睛,
那支配我生命的,你那猎伴的名字②。
啊,罗瑟琳!这些树林将是我的书册,
我要在一片片树皮上镂刻下相思,
好让每一个来到此间的林中游客,
任何处见得到颂赞她美德的言辞。
走,走,鄂兰陀;去在每株树上刻着伊,
那美好的,幽娴的,无可比拟的人儿。(下)

---

① 三重王冠的女王指黛安娜(Diana)女神,因为她在天上为 Luna,在地上为 Diana,在幽冥为 Proser pina。——译者注

② 黛安娜又为司狩猎的女神,又为处女的保护神,故鄂兰陀以罗瑟琳为她的猎伴。——译者注

【库林及试金石上。

库　　您欢喜不欢喜这种牧人的生活,试金石先生?

试　　说老实话,牧人,按着这种生活的本身说起来,倒是一种很好的生活;可是按着这是一种牧人的生活说起来,那就毫不足取了。照它的清静而论,我很欢喜这种生活;可是照它的寂寞而论,实在是一种很坏的生活。看到这种生活是在田间,很使我满意;可是看到它不是在宫廷里,那简直很无聊。你瞧,这是一种很经济的生活,因此倒怪合我的脾气;可是它未免太寒俭了,因此我过不来。你懂不懂得一点哲学,牧人?

库　　我只知道这一点儿;一个人越是害病,他越是不舒服;钱财,资本,和知足,是人们缺少不来的三位好朋友;雨湿淋衣,火旺烧柴;好牧场产肥羊;天黑是因为没有了太阳;生来愚笨怪祖父,学而不慧师之惰。

试　　这样一个人是天生的哲学家了。有没有到过宫廷里,牧人?

库　　没有,不瞒您说。

试　　那么你这人就该死了。

库　　我希望不致于吧？

试　　真的，你这人该死，就像一个煎得不好一面焦的鸡蛋。

库　　因为没有到过宫廷里吗？请问您的理由。

试　　喏，要是你从来没有到过宫廷里，你就不曾见过好礼貌；要是你从来没有见过好礼貌，你的举止一定很坏；坏人就是有罪的人，有罪的人就该死。你的情形很危险呢，牧人。

库　　一点不，试金石。在宫廷里算作好礼貌的，在乡野里就会变成可笑，正像乡下人的行为一到了宫廷里就显得寒伧一样。您对我说过你们在宫廷里并不打恭作揖，却是要吻手；要是宫廷里的老爷们都是牧人，那么这种礼貌就要嫌太龌龊了。

试　　有什么证据？简单的说；来，说出理由来。

库　　喏，我们的手常常要去碰着母羊；它们的毛，您知道，是很油腻的。

试　　嘿，廷臣们的手上不也要出汗的吗？羊身上的脂肪比起人身上的汗腻来，不是一样干净的吗？浅薄！浅薄！说出一个好一点的理由来，说吧。

库　　而且,我们的手很粗糙。

试　　那么你们的嘴唇格外容易感到它们。还是浅薄!再说一个充分一点的理由,说吧。

库　　我们的手在给羊们包扎伤处的时候总是涂满了焦油;您要我们跟焦油接吻吗?宫廷里的老爷们手上都是涂着麝香的。

试　　浅薄不堪的家伙!把你跟一块好肉比起来,你简直是一块生着蛆虫的臭肉!用心听聪明人的教训吧:麝香是一只猫身上流出来的腥臊东西,它的来源比焦油脏多呢。把你的理由修正修正吧,牧人。

库　　您太会讲话了,我说不过您;我不说了。

试　　你就甘心该死吗?上帝保佑你,浅薄的人!上帝把你好好针砭一下!你太不懂世事了。

库　　先生,我是一个地道的做活人;我用自己的力量换饭吃换衣服穿;不跟别人结怨,也不妒羡别人的福气;瞧着人家得意我也高兴,自己倒了霉就自宽自解;我的最大的骄傲就是瞧我的母羊吃草,我的羔羊啜奶。

试　　这又是你的一桩因为傻气而造下的孽:你把母羊和

公羊拉拢在一起,靠着他们的配对来维持你的生活;给挂铃的羊当龟奴,替一头歪脖子的老忘八公羊把才一岁的雌儿骗诱失身,也不想到合配不合配;要是你不会因此而下地狱,那么魔鬼也没有人给他牧羊了。我想不出你有什么豁免的希望。

库 盖尼密大官人来了,他是我的新主妇的哥哥。

【罗瑟琳读一字纸上。

罗 从东印度到西印度找遍奇珍,
没有一颗珠玉比得上罗瑟琳。
她的名声随着好风播满诸城,
整个世界都在仰慕着罗瑟琳。
画工描摹下一幅幅倩影真真,
都要黯然无色一见了罗瑟琳。
任何的脸貌都不用铭记在心,
单单牢记住了美丽的罗瑟琳。

试 我可以给您这样凑韵下去凑它整整的八年,吃饭和睡觉的时间除外,这好像是一连串上市去卖奶油的好大娘。

罗 啐,傻子!

试 试一下看:

要是公鹿找不到母鹿很伤心,

不妨叫他前去寻找那罗瑟琳。

倘说是没有一只猫儿不叫春,

心同此情有谁能责怪罗瑟琳?

冬天的衣裳棉花应该衬得温,

免得冻坏了娇怯怯的罗瑟琳。

割下的田禾必须捆得端端整,

一车的禾捆上装着个罗瑟琳。

最甜蜜的果子皮儿酸痛了唇,

这种果子的名字便是罗瑟琳。

有谁看见了玫瑰花开香喷喷,

留心着爱情的棘刺和罗瑟琳。

这简直是胡扯的歪诗;您怎么也会给这种东西沾上了呢?

罗 别多嘴,你这蠢傻瓜!我在一株树上找到它们的。

试 真的,这株树生的果子太坏。

【西莉霞读字纸上。

罗　　静些!我的妹妹读着些什么来了;站旁边去。

西　　为什么这里是一片荒碛?
　　　因为没有人居住吗?不然,
　　　我要叫每株树长起喉舌,
　　　吐露出温文典雅的语言:
　　　或是慨叹着生命一何短,
　　　匆匆跑完了游子的行程,
　　　只须把手掌轻轻翻个转,
　　　便早已终结人们的一生;
　　　或是感怀着旧盟今已冷,
　　　同心的契友忘却了故交;
　　　但我要把最好树枝选定,
　　　缀附在每行诗句的终梢,
　　　罗瑟琳三个字小名美妙,
　　　向普世的读者遍告咸知。
　　　莫看她苗条的一身娇小,
　　　宇宙间的精华尽萃于兹;
　　　造物当时曾向自然诏示,

吩咐把所有的绝世姿才,

向纤纤一躯中合炉镕制,

累天工费去不少的安排:

负心的海伦醉人的脸蛋①,

克寥佩屈拉的威仪丰容②。

哀脱兰塔的柳腰儿款摆③,

琉克莉细霞的节操贞松④:

劳动起玉殿上诸天仙众,

造成这十全十美罗瑟琳;

汇萃了各式的妍媚万种,

选出一副俊脸目秀精神。

上天给她这般恩赐优渥,

---

① 海伦即 Helen of Troy,因不贞于其夫米尼劳斯(Menelaus),故云"负心"。——译者注
② 克寥佩屈拉(Cleopatra),埃及女王,参看莎翁悲剧《女王殉爱记》。——译者注
③ 哀脱兰塔(Atalanta),希腊传说中善疾走的美女。——译者注
④ 琉克莉细霞(Lucretia),莎翁叙事诗 *The Rape of Lucrece* 中的主角。——译者注

我命该终身做她的臣仆。

罗　啊，最温柔的宣教师！您的恋爱的说教是多么噜苏得叫您的教民听了厌烦，可是您却也不喊一声，"请耐心一点，好人们。"

西　啊！朋友们，退后去！牧人，稍为走开一点；跟他去，小子。

试　来，牧人，让我们堂堂退却：大小箱笼都不带，只带一个头陀袋。（库、试下）

西　你有没有听见这种诗句？

罗　啊，是的，我都听见了。

西　但是你听见你的名字被人家悬挂起来，还刻在这种树上，不觉得奇怪吗？

罗　人家说一件奇事过了九天便不足为奇；在你没有来之前，我已经过了第七天了。瞧，这是我在一株棕榈树上找到的。自从毕达哥拉斯的时候以来，我从不曾被人这样用诗句咒过；那时我是头爱尔兰的老鼠[①]，现在简直记也记不起来了。

[①] 毕达哥拉斯（Pythagoras）为主张灵魂轮回说的古希腊哲学家。念咒驱除老鼠为爱尔兰人一种迷信习俗。——译者注

西　　你想这是谁干的?

罗　　是个男人吗?

西　　而且有一根链条,是你从前带过的,套在他的颈上。你红起脸孔来了吗?

罗　　请你告诉我是谁?

西　　主啊!主啊!朋友们见面真不容易;可是两座高山也许会给地震搬了场而碰起头来。

罗　　嗳,但是究竟是谁呀?

西　　真的猜不出来吗?

罗　　嗳,我使劲儿央求你告诉我他是谁。

西　　奇怪啊!奇怪啊!奇怪到无可再奇怪的奇怪!奇怪而又奇怪!说不出来的奇怪!

罗　　我要脸红起来了!你以为我打扮得像个男人,就会在精神上也穿起男装来了吗?你再耽延一刻下去不肯说出来,就要累我在汪洋大海里作茫茫的探索了。请你快快告诉我他是谁,不要吞吞吐吐。我倒希望你是个口吃的,那么你也许会把这个保守着秘密的名字不期然而然地打你嘴里吐了出来,就像酒从狭口的瓶里倒出来一样,不是一点都倒不出,就是一下子出来了许多。求求你拔去你嘴里的塞子,让我饮着你的消息吧。

西　那么你要把那人儿一口气吞下肚子里去是不是?

罗　他是上帝造下来的吗?是个什么样子的人?他的头戴上一顶帽子显不显得寒伧?他的下巴留着一把胡须像不像个样儿?

西　不,他只有一点点儿胡须。

罗　哦,要是这家伙知道好歹,上帝会再给他一些的。要是你立刻就告诉我他的下巴是怎么一个样子,我愿意等候他出起须来。

西　他就是年青的鄂兰陀,一下子把那拳师的脚跟和你的心一起绊跌了个筋斗的。

罗　嗳,取笑人的让魔鬼抓了去;像一个老老实实的好姑娘似的,规规矩矩说吧。

西　真的,姊姊,是他。

罗　鄂兰陀?

西　鄂兰陀。

罗　嗳哟!我这一身大衫短裤该怎么办呢?你看见他的时候他在作些什么?他说些什么?他瞧上去怎样?

他穿着些什么？他为什么到这儿来？他问起我吗？他住在那儿？他怎样跟你分别的？你什么时候再去看他？用一个字回答我。

西　　你一定先要给我向嘉甘度亚①借一张嘴来才行；像我们这时代的人，一张嘴里是装不下这么大的一个字的。要是一句句都用"是"和"不"回答起来，也比考问教理还麻烦呢。

罗　　可是他知道我在这林子里，打扮做男人的样子吗？他是不是跟摔角的那天一样有精神？

西　　回答情人的问题，就像数微尘的粒数一般为难。你好好听我讲我怎样找到他的情形，静静儿体味着吧。我看见他在一株树底下，像一颗落下来的橡果。

罗　　树上会落下这样果子来，那真可以说是神树了。

西　　好小姐，听我说。

罗　　讲下去。

西　　他直挺挺地躺在那儿，像一个受伤的武士。

---

① 嘉甘度亚（Gargantua），法国诙谐文学家拉勃莱（Rabelais）著作中的饕餮巨人，能一口吞下五个香客。——译者注

罗　　虽然这种样子有点可怜相,可是地上躺着这样一个人,倒也是很合式的。

西　　喊你的舌头停步吧;它简直随处乱跳。——他穿着得像个猎人。

罗　　哎哟,糟了!他要来猎我的心了。

西　　我唱歌的时候不要别人和着唱;你缠得我弄错了拍子。

罗　　你不知道我是个女人吗?我心里想到什么,便要说出口来。好人儿,说下去吧。

西　　你已经打断了我的话头。且慢!他不是来了吗?

罗　　是他;我们躲在一旁瞧着他吧。

【鄂兰陀及杰克斯上。

杰　　多谢相陪;可是说老实话,我倒是欢喜一个人清静些。

鄂　　我也是这样;可是为了礼貌的关系,我多谢您的作伴。

杰　　上帝和您同在!让我们越少见面越好。

鄂　　我希望我们还是不要相识的好。

杰　　请您别再在树皮上写情诗糟蹋树木了。

鄂　请您别再用难听的声调念我的诗,把它们糟蹋了。

杰　您的情人的名字是罗瑟琳吗?

鄂　正是。

杰　我不欢喜她的名字。

鄂　她取名的时候,并没有打算要您欢喜。

杰　她的身材怎样?

鄂　恰恰够得到我的心头那样高。

杰　您怪会说俏皮的回答。您是不是跟金匠们的妻子有点儿交情,因此把戒指上的警句都默记了下来吗?

鄂　不,我都是用油漆的挂帏上的话儿来回答您;您的问题也是从那儿学得来的。

杰　您的口才很敏捷,我想是用哀脱兰塔的脚跟做成的。我们一块儿坐下来好不好?我们两人要把世界痛骂一顿,大发一下牢骚。

鄂　我不愿责骂世上的有生之伦,除了我自己;因为我知道自己的错处最明白。

杰　您的最坏的错处就是要恋爱。

鄂　我不愿把这个错处来换取您的最好的美德。您真叫我厌烦。

杰　　说老实话，我遇见您的时候，本来是在找一个傻子。

鄂　　他掉在溪水里淹死了，您向水里一望，就可以瞧见他。

杰　　我只瞧见我自己的影子。

鄂　　那我以为倘不是个傻子，定然是个废物。

杰　　我不要再跟您在一起了。再见，多情的公子。

鄂　　我巴不得您走。再会，忧愁的先生。（杰下）

罗　　我要像一个无礼的小厮一样去向他说话，跟他捣乱捣乱。——听见我的话吗，树林里的人？

鄂　　很好，你有什么话说？

罗　　请问现在是几点钟？

鄂　　你应该问我现在是什么时辰；树林里那来的钟？

罗　　那么树林里也不会有真心的情人了；否则每分钟的叹气，每点钟的呻吟，该会像时钟一样计算出时间的嫩嫩的脚步①来的。

---

① 关于"嫩嫩的脚步"，原文 the lazy foot of Time，据朱尚刚先生说，原手稿上是"嬾嬾的脚步"，"嬾"是"懒"的异体字。世界书局版是"嫩嫩"，估计是排印的错误，但在台湾再版中（应该是完全按照世界书局版排印的）用的是"嫩嫩的脚步"，1954年作家版中改为了"懒懒的脚步"。——编者注

鄂 为什么不说时间的快步呢?那样说不对吗?

罗 不对,先生。时间对于各种人有各种的步法。我可以告诉你时间对于谁是走慢步的,对于谁是跨着细步走的,对于谁是奔着走的,对于谁是立定不动的。

鄂 请问他对于谁是跨着细步走的?

罗 呃,对于一个订了婚还没有成礼的姑娘,时间是跨着细步有气没力地走着的;即使这中间只有一星期,也似乎有七年那样难过。

鄂 对于谁时间是走着慢步的?

罗 对于一个不懂拉丁文的牧师,或是一个不害痛风的富翁:一个因为不能读书而睡得很酣畅,一个因为没有痛苦而活得很高兴;一个可以不必辛辛苦苦地费尽钻研,一个不知道有贫穷的艰困。对于这种人,时间是走着慢步的。

鄂 对于谁他是走着快步的?

罗 对于一个上绞架的贼子;因为虽然他尽力放慢脚步,他还是觉得到得太快了。

鄂 对于谁他是静止不动的?

罗 对于在休假中的律师;因为他们在前后开庭的时期

之间，完全昏睡过去，不觉到时间的移动。

鄂　可爱的少年，你住在那儿？

罗　跟这位牧羊姑娘，我的妹妹，住在这儿的树林边。

鄂　你是本地人吗？

罗　跟那头你看见的兔子一样，它的住处就是它的生长的地方。

鄂　住在这种穷乡僻壤，你的谈吐却很高雅。

罗　好多人都曾经这样说我；其实是因为我有一个修行的老伯父，他本来是在城市里生长的，是他教给我讲话；他曾经在宫庭里闹过恋爱，因此很懂得交际的门坎。我曾经听他发过许多反对恋爱的议论；多谢上帝我不是个女人，不会犯到他所归咎于一般女性的那许多心性轻浮的罪恶。

鄂　你记不记得他所说的女人的罪恶当中主要的几桩？

罗　没有什么主要不主要的；跟两个铜子相比一样，全差不多；每一件过失似乎都十分严重，可是立刻又有一件出来可以赛过它。

鄂　请你说几件看。

罗　不，我的药是只给病人吃的。这座树林里常常有一个人来往，在我们的嫩树皮上刻满了"罗瑟琳"的名字，把树木糟蹋得不成样子；山楂树上挂起了诗篇，荆棘枝上吊悬着哀歌，说来说去都是把罗瑟琳的名字捧作神明。要是我碰见了那个卖弄风情的家伙，我一定要好好给他一番教训，因为他似乎害着相思病。

鄂　我就是那个给爱情折磨的他。请你告诉我你有什么医治的方法。

罗　我伯父所说的那种记号在你身上全找不出来，他曾经告诉我怎样可以看出来一个人是在恋爱着；我可以断定你一定不是那个草扎的笼中的囚人。

鄂　什么是他所说的那种记号呢？

罗　一张瘦瘦的脸庞，你没有；一双眼圈发黑的凹陷的眼睛，你没有；一副懒得跟人家交谈的神气，你没有；一脸忘记了修薙的胡子，你没有；——可是那我可以原谅你，因为你的胡子本来就像小兄弟的产业一样少得可怜。而且你的袜子上应当是不套袜带的，你的帽子上应当是不结帽纽的，你的袖口的钮扣应当是脱开的，你的鞋子上的带子应当是松散的，你身上的每一处都要表示出一种不经心的疏懒。可是你却不是这样一个人；你把自己打扮得这么齐整，瞧你倒有点顾影自怜，全不像在爱着什么人。

鄂　美貌的少年，我希望我能使你相信我是在恋爱。

罗　我相信！你还是叫你的爱人相信吧。我可以断定，她即使容易相信你，她嘴里也是不肯承认的；这也是女人们不老实的一点。可是说老实话，你真的便是把那恭维着罗瑟琳的诗句悬挂在树上的那家伙吗？

鄂　少年，我凭着罗瑟琳的玉手向你起誓，我就是他，那个不幸的他。

罗　可是你真的像你诗上所说的那样热恋着吗？

鄂　什么也不能表达我的爱情的深切。

罗　爱情不过是一种疯狂；我对你说，有了爱情的人，是应该像对待一个疯子一样，把他关在黑屋子里用鞭子抽一顿的。那么为什么他们不用这种处罚的方法来医治爱情呢？因为那种疯病是极其平常的，就是拿鞭子的人也在恋爱哩。可是我有医治它的法子。

鄂　你曾经医治过什么人吗？

罗　是的，医治过一个；法子是这样的：他假想我是他的爱人，他的情妇，我叫他每天都来向我求爱；那时我是一个善变的少年，便一会儿伤心，一会儿温存，一会儿翻脸，一会儿思慕，一会儿欢喜；骄傲，古怪，刁钻，浅薄，轻浮，有时满眼的泪，有时满脸的笑。什么情感都来一点儿，但没有一种是真切的，就像大多数的孩子们和女人们一样；有时欢喜他，有时讨厌他，有时讨好他，有时冷淡他，有时为他哭泣，有时把他唾弃：我这样把我这位求爱者从疯狂的爱逼到真个疯狂起来，以至于抛弃人世，做起隐士来了。我用这种方法治好了他，我也可以用这种方法把你的心肝洗得干干净净，像一颗没有毛病的羊心一样，再没有一点爱情的痕迹。

鄂　我不愿意治好，少年。

罗　我可以把你治好，假如你把我叫作罗瑟琳，每天到我的草屋里来向我求爱。

鄂　凭着我的恋爱的真诚，我愿意。告诉我你住在什么地方。

罗　跟我去，我可以指点给你看；一路上你也要告诉我你住在林中的什么地方。去吗？

鄂　　很好,好孩子。

罗　　不,你一定要叫我罗瑟琳。来,妹妹,我们去吧。

　　　　(同下)

第三场　林中的另一部分

【试金石及奥菊蕾上;杰克斯随后。

试　　快来,好奥菊蕾;我去把你的山羊赶来。怎样,奥菊蕾?我还不曾是你的好人儿吗?我这副粗鲁的神气你中意吗?

奥　　您的神气!天老爷保佑我们!什么神气?

试　　我陪着你和你的山羊在这里,就像那最会梦想的诗人莪维特在一群歌斯人中间一样①。

杰　　(旁白)唉,学问装在这么一副躯壳里,比乔武住在草棚里更坏②!

试　　要是一个人写的诗不能叫人懂,他的才情不能叫人理解,那比之小客栈里开出一张大账单来还要命。真的,我希望神们把你变得诗意一点。

---

① 莪维特(Ovid),罗马诗人;歌斯人(the Goths),蹂躏罗马帝国的蛮族。——译者注

② 乔武化凡人至腓力基亚(Phrygia),居民咸拒之门外,惟Philemon 与 Baucis 二老夫妇留之宿其草舍中。——译者注

奥　　我不懂得什么叫做"诗意一点"。那是一句好话，一件好事情吗？那是诚实的吗？

试　　老实说，不，因为最真实的诗是最虚妄的；情人们都富于诗意，他们在诗里发的誓，可以说都是情人们的假话。

奥　　那么您愿意天爷爷们把我变得诗意一点吗？

试　　是的，不错；因为你发誓说你是贞洁的，假如你是个诗人，我就可以希望你说的是假话了。

奥　　您不愿意我贞洁吗？

试　　对了，除非你生得难看；因为贞洁跟美貌碰在一起，就像在糖里再加蜜。

杰　　（旁白）好一个有见识的傻瓜！

奥　　好，我生得不好看，因此我求求天爷爷们让我贞洁吧。

试　　真的，把贞洁丢给一个丑陋的懒女人，就像把一块好肉盛在龌龊的盆子里。

奥　　我不是个懒女人，虽然我谢谢天爷爷们我是丑陋的。

试　　好吧，感谢天爷爷们把丑陋赏给了你！懒惰也许会跟着来的。可是不管这些，我一定要跟你结婚；为了这事我已经去见过邻村的牧师岳力佛·马退克斯脱师父,他已经答应在这儿树林里会我,给我们配对。

杰　　（旁白）我倒要瞧瞧这场热闹。

奥　　好,天爷爷们保佑我们快活吧!

试　　阿们!倘使是一个胆小的人,也许不敢贸然从事;因为这儿没有庙宇,只有树林,没有宾众,只有一些出角的畜生;但这有什么要紧呢?放出勇气来!角虽然讨厌,却也是少不来的。人家说,"许多人有数不清的家私";对了,许多人也有数不清的好角儿。好在那是他老婆陪嫁来的妆奁,不是他自己弄到手的。出角吗?有什么要紧?只有苦人儿才出角吗?不,不,最高贵的鹿和最寒伧的鹿长的角儿一样大呢。那么单身汉便算是好福气吗?不,城市总比乡村好些,已婚者隆起的额角,也要比未婚者平坦的额角体面得多;懂得几手击剑的法儿的,总比一来不来的好些,因此有角也总比没角强。岳力佛师父来啦。

【岳力佛·马退克斯脱师父上。

试　岳力佛·马退克斯脱师父，您来得巧极了。您还是就在这树下替我们把事情办了呢，还是让我们跟您到您的教堂里去？

马　这儿没有人可以把这女人作主嫁出去吗？

试　我不要别人把她布施给我。

马　真的，她一定要有人作主许嫁，否则这种婚姻便不合法。

杰　（进前）进行下去，进行下去；我可以把她许嫁。

试　晚安，某某先生；您好，先生？欢迎欢迎！上次多蒙照顾，不胜感激。我很高兴看见您。我现在有一点点儿小事，先生。嗳，请戴上帽子。

杰　你要结婚了吗，傻瓜？

试　先生，牛有轭，马有勒，猎鹰腿上挂金铃，人非木石岂无情？鸽子也要亲个嘴儿；女大当嫁，男大当婚。

杰　像你这样有教养的人，却愿意在一棵树底下像叫化子那样成亲吗？到教堂里去，找一位可以告诉你们婚姻的意义的好牧师。要是让这个家伙把你们像钉墙板似的钉在一起,你们中间总有一个人会像没有晒干的木板一样干缩起来,越变越弯的。

试 （旁白）我倒以为让他给我主婚比别人好一点,因为瞧他的样子是不会像像样样地主持婚礼的;假如结婚结得草率一些,以后我可以借口离弃我的妻子。

杰 你跟我来,让我指教指教你。

试 来,好奥菊蕾。我们一定得结婚,否则我们只好通奸。再见,好岳力佛师父,不是

亲爱的岳力佛!

勇敢的岳力佛!

请你不要把我丢弃;①

而是

走开去,岳力佛!

滚开去,岳力佛!

我们不要你行婚礼。（杰、试、奥同下）

马 不要紧,这一批荒唐的混蛋谁也不能讥笑掉我的饭碗。（下）

---

① "亲爱的岳力佛"三句为俗歌中的断句。——译者注

第四场　林中的另一部分

【罗瑟琳及西莉霞上。

罗　　别跟我讲话；我要哭了。

西　　请你就哭吧；可是你还得想一想男人是不该流眼泪的。

罗　　但我岂不是有应该哭的理由吗？

西　　理由是再充分也没有的了；所以你哭吧。

罗　　瞧他的头发的颜色，就可以看出来他是个坏东西。

西　　比犹大①的头发略为深色些；他的接吻就是犹大一脉相传下来的。

罗　　凭良心说一句，他的头发颜色很好。

西　　那颜色好极了；粟色是最好的颜色。

罗　　他的接吻神圣得就像圣餐面包触到唇边一样。

西　　他买来了一对黛安娜用过的嘴唇；一个凛若冰霜的尼姑也不会吻得像他那样虔诚了；他的嘴唇里就有

---

① 犹大（Judas），出卖耶稣之门徒。——译者注

着冷冰冰的贞洁。

罗　可是他为什么发誓说今天早上要来,却偏偏不来呢?

西　不用说,他这人没有半分真心。

罗　你是这样想吗?

西　是的。我想他不是个扒儿手,也不是个盗马贼;可是要说起他的爱情的真不真来,那么我想他就像一只盖好了的空杯子或是一枚蛀空了的硬壳果一样空心。

罗　他的恋爱不是真心吗?

西　他在恋爱的时候,他是真心的;可是我以为他并不在恋爱。

罗　你不是听见他发誓说他的的确确在恋爱吗?

西　从前说是,现在却不一定是;而且情人们发的誓,是和堂倌嘴里的话一样靠不住的,他们都是惯报虚账的家伙。他在这儿树林子里跟公爵你的父亲在一块儿呢。

罗　昨天我碰见公爵,跟他谈了好久。他问我的父母是怎样的人;我对他说,我的父母跟他一样高贵;他大笑着让我走了。可是我们现在有像鄂兰陀这么一个人,还要谈父亲做什么呢?

西　　啊,好一个出色的人!他写得一手好诗,讲得一口漂亮话儿,发着动听的誓,再堂而皇之地毁了誓,同时毁碎了他情人的心;正如一个拙劣的枪手,骑在马上一面歪,像一头好鹅一样把他的枪杆折断了。但是年青人凭着血气和痴劲做出来的事,总是很出色的。——谁来了?

【库林上。

库　　姑娘和大官人,你们不是常常问起那个害相思病的牧人,那天你们不是看见他和我坐在草地上,称赞着他的情人,那个盛气凌人的牧羊女吗?

西　　嗯,他怎样啦?

库　　要是你们想看一本认真扮演的好戏,一面是因为情痴而容颜惨白,一面是因为傲慢而满脸绯红;只要稍走几步路,我可以领你们去,看一个畅。

罗　　啊!来,让我们去吧。在恋爱中的人,欢喜看人家相恋。带我们去看;我将要在他们的戏文里当一名重要的角色。(同下)

第五场　林中的另一部分

【薛维厄斯及菲琵上。

薛　　亲爱的菲琵,不要讥笑我;请不要,菲琵!您可以说您不爱我,但不要说得那样狠。习惯于杀人的硬心肠的刽子手,在把斧头向低俯的颈项上劈下的时候也要先说一声对不起;难道您会比这种靠着流血为生的人更心硬吗?

【罗瑟琳,西莉霞,及库林自后上。

菲　　我不愿做你的刽子手;我逃避你,因为我不愿伤害你。你对我说我的眼睛会杀人;这种话当然说得很好听,很动人;眼睛本来是最柔弱的东西,一见了些微尘就会胆小得关起门来,居然也会给人叫作暴君,屠夫,和凶手!现在我使劲儿抢起白眼瞧着你;假如我的眼睛能够伤人,那么让它们把你杀死了吧:现在你可以假装晕去了啊;嘿,现在你可以倒下去了呀；假如你并不倒下去，哼！羞啊，羞啊，你可别再胡说，说我的眼睛是凶手了。现在你且把我的眼睛加在你身上的伤痕拿出来看。单单用一枚针儿划了一下，也会有一点疤痕；握着一根灯心草，你的手掌上也会有一刻儿留着痕迹；可是我的眼光现在向你投射，却不曾伤了你：我相信眼睛里是决没有可以伤人的力量的。

薛　　啊，亲爱的菲琵，要是有一天，——也许那一天就近在眼前，——您在谁个清秀的脸庞上看出了爱情的力量，那时您就会感觉到爱情的利箭所加在您心上的无形的创伤了。

菲　　可是在那一天没有到来之前，你不要走近我吧。如其有那一天，那么你可以用你的讥笑来凌虐我，却不用可怜我；因为不到那时候，我总不会可怜你的。

罗　　（上前）为什么呢，请问？谁是你的母亲生下了你来，把这个不幸的人这般侮辱，如此欺凌？你生得不漂亮，——老实说，我看你还是晚上不用点蜡烛就钻到被窝里去的好，——难道就该这样骄傲而无情吗？——怎么，这是什么意思？你望着我做什么？

我瞧你不过是一件天生的粗货罢了。他妈的！我想她要打算迷住我哩。不，老实说，骄傲的姑娘，你别做梦吧！凭着你的墨水一样的眉毛，你的乌丝一样的头发，你的黑玻璃球一样的眼睛，或是你的乳脂一样的脸庞，可不能叫我为你倾倒呀。——你这蠢牧人儿，干么你要追随着她，像是挟着雾雨而俱来的南风？你是比她漂亮一千倍的男人；都是因为有了你们这种傻瓜，世上才有那许多难看的孩子。叫她得意的是你的恭维，不是她的镜子；听了你的话，她便觉得她自己比她本来的容貌美得多了。——可是，姑娘，你自己得放明白些；跪下来，斋戒谢天，赐给你这么好的一个爱人。我得向你耳边讲句体己的话，有买主的时候赶快卖去了吧；你不是到处都有销路的。求求这位大哥恕了你；爱他；接受他的好意。生得丑再要瞧人不起，那才是其丑无比了——好，牧人，你拿了她去。再见吧。

菲　可爱的青年，请您把我骂一整年吧。我宁愿听您的骂，不要听这人的恭维。

罗　他爱上了她的丑样子,她爱上了我的怒气。倘使真有这种事,那么她一扮起了怒容来答复你,我便会把刻薄的话儿去治她。——你为什么这样瞧着我?

菲　我对您没有怀着恶意呀。

罗　请你不要爱我吧,我这人是比醉后发的誓更靠不住的;而且我又不欢喜你。要是你们要知道我家在何处,请到这儿附近的那簇橄榄树的地方来寻访好了。——我们去吧,妹妹。——牧人,着力追求她。——来,妹妹。——牧女,待他好一点儿,别那们骄傲;整个儿世界上生眼睛的人,都不会像他那样把你当作天仙的。——来,瞧我们的羊群去。

(罗、西、库同下)

菲　过去的诗人,现在我明白了你的话果然是真:"谁个情人不是一见就钟情?"①

薛　亲爱的菲琵,——

菲　啊!你怎么说,薛维厄斯?

---

①过去的诗人指马洛(Christopher Marlowe);"谁个情人不是一见就钟情?"一句系马洛所作叙事诗 Hero and Leander 中之语。——译者注

薛　　亲爱的菲琵,可怜我吧!

菲　　唉,我为你伤心呢,温柔的薛维厄斯。

薛　　同情之后,必有安慰;要是您见我因为爱情而伤心而同情我,那么只要把您的爱给我,您就可以不用再同情,我也无须再伤心了。

菲　　你已经得到我的爱了;咱们不是像邻居那么要好着吗?

薛　　我要的是您。

菲　　啊,那就是贪心了。薛维厄斯,从前我讨厌你;可是现在我也不是对你有什么爱情;不过你既然讲爱情讲得那么好,我本来是厌得跟你在一起的,现在我可以忍受你了。我还有事儿要差遣你呢;可是除了你自己因为供我差遣而感到的欣喜以外,可不用希望我还会用什么来答谢你。

薛　　我的爱情是这样圣洁而完整,我又是这样不蒙眷顾,因此只要能够拾些人家收获过后留下来的残穗,我也以为是一次最丰富的收成了;随时略为给我一个不经意的微笑,我就可以靠着它而活命。

菲　　你认识刚才对我讲话的那个少年吗?

薛　　不大熟悉,但我常常遇见他;他已经把本来属于那个老头儿的草屋和地产都买下来了。

菲　不要以为我爱他,虽然我问起他。他只是个淘气的孩子;可是倒很会讲话;但是空话我理它作甚?然而说话的人要是能够讨听话的人欢喜,那么空话也是很好的。他是个标致的青年;不算顶标致。当然他是太骄傲了;然而他的骄傲很合配他。他长起来倒是一个漂亮的汉子,顶好的地方就是他的脸色;他的舌头刚刚得罪了人,用眼睛一瞟就补偿过来了。他的个儿不很高;然而照他的年纪说起来也就够高。他的腿不过如此;但也还好。他的嘴唇红得很美,比他那张白脸上搀和着的红色更烂熟更浓艳;一个是大红,一个是粉红。薛维厄斯,有些女人假如也像我一样向他这么评头品足起来,一定会马上爱上了他的;可是我呢,我不爱他,也不恨他;然而我有应该格外恨他的理由。凭什么他要骂我呢?他说我的眼珠黑,我的头发黑;现在我记起来了,他嘲笑着我呢。我不懂怎么我不还骂他;但那没有关系,不声不响并不就是善罢甘休。我要写一封辱骂的信给他,你可以给我带去;你肯不肯,薛维厄斯?

薛　　菲琵,那是我再愿意不过的了。

菲　　我就写去;这件事情盘绕在我的心头,我要简简单单地把他挖苦一下。跟我去,薛维厄斯。(同下)

第四幕

那个瞎眼的坏孩子,因为自己没有眼睛而把每个人的眼睛都欺蒙了的。

第一场　亚登森林

【罗瑟琳,西莉霞,及杰克斯上。

杰　　可爱的少年,请你许我跟你结识结识。

罗　　他们说你是个多愁的人。

杰　　是的,我欢喜发愁不欢喜笑。

罗　　这两件事各趋极端,都会叫人讨厌,比之醉汉更容易招一般人的指摘。

杰　　发发愁不说话,有什么不好?

罗　　那么何不做一根木头呢?

杰　　我没有读书人的那种争强斗胜的烦恼,也没有音乐家的那种胡思乱想的烦恼,也没有官员们的那种装威作福的烦恼,也没有军人们的那种侵权夺利的烦恼,也没有律师们的那种卖狡弄狯的烦恼,也没有姑娘家的那种吹毛求疵的烦恼,也没有情人们的这一切种种合拢来的烦恼;我的烦恼全然是我自己的,它由各种成分组合而成,从许多事物中提炼出来,那是我旅行中所得到的各种观感，因为不断的沉思而使我充满了十分古怪的忧愁。

罗 是一个旅行家吗？噢，那你就有应该悲哀的理由了。我想你多分是卖去了自己的田地去看别人的田地；看见的这么多，自己却一无所有；眼睛是看饱了，两手却是空空的。

杰 是的，我已经得到了我的经验。

罗 而你的经验使你悲哀。我宁愿叫一个傻瓜来逗我发笑，不愿叫经验来使我悲哀；而且还要旅行各处去找它！

【鄂兰陀上。

鄂 早安，亲爱的罗瑟琳！

杰 要是你要念起诗来，那么我可要少陪了。（下）

罗 再会，旅行家先生。你该打起些南腔北调，穿了些奇装异服，瞧不起本国的一切好处，厌恶你的故乡，简直要怨恨上帝干么不给你生一副外国人的相貌；否则我可不能相信你曾经在威尼斯荡过艇子的。——啊，怎么，鄂兰陀！你这些时都在那儿？你算是一个情人！要是你再对我来这么一套，你可再不用来见我了。

鄂　我的好罗瑟琳，我来得不过迟了一小时还不满。

罗　误了一小时的情人的约会！谁要是把一分钟分作了一千分，而在恋爱上误了一千分之一分钟的几分之一的约会，这种人人家也许会说邱必特曾经拍过他的肩膀，可是我敢说他的心是不曾中过爱神之箭的。

鄂　原谅我吧，亲爱的罗瑟琳！

罗　哼，要是你再这样慢吞吞地，以后不用再见我了；我宁愿让一条蜗牛向我献殷勤的。

鄂　一条蜗牛！

罗　对了，一条蜗牛；因为他虽然走得慢，可是却把他的屋子顶在头上，我想这是一份比你所能给与一个女人的更好的家产；而且他还随身带着他的命运哩。

鄂　那是什么？

罗　嘿，角儿哪；那正是你所要谢谢你的妻子的，可是他却自己随身带了它做武器，免得人家论他妻子的坏话。

鄂　　贤德的女子不会叫她丈夫当忘八；我的罗瑟琳是贤德的。

罗西　而我是你的罗瑟琳吗？
他欢喜这样叫你；可是他有一个长得比你漂亮的罗瑟琳哩。

罗　　来，向我求婚，向我求婚；我现在很高兴，多分会答应你。假如我真是你的罗瑟琳，你现在要向我说些甚么话？

鄂　　我要在没有说话之前先接个吻。

罗　　不，你最好先说话，等到所有的话都说完了，想不出什么来的时候，你就可以趁此接吻。善于演说的人，当他们一时无话可说之际，他们会吐一口痰；情人们呢，上帝保佑我们！倘使缺少了说话的资料，接吻是最便当的补救办法。

鄂　　假如她不肯让我吻她呢？

罗　　那么她就使得你向她请求，这样又有了新的话题了。

鄂　　谁见了他的心爱的情人而会说不出话来呢？

罗　　哼，假如我是你的情人，你就会说不出话来，我不是你的罗瑟琳吗？

鄂　我很愿意把你当作罗瑟琳,因为这样我就可以讲着她了。

罗　好,我代表她说我不愿接受你。

鄂　那么我代表我自己说我要死去。

罗　不,真的,还是请个人代死吧。这个可怜的世界差不多有六千年的岁数了,可是从来不曾有过一个人亲自殉情而死。特洛埃勒斯[①]是被一个希腊人的棍棒砸出了脑浆的;可是在这以前他就已经寻过死,而他是一个模范的情人。即使希罗当了尼姑,利昂特也会活下去活了好多年的,倘不是因为一个酷热的仲夏之夜;因为,好孩子,他本来只是要到赫勒斯滂海峡里去洗个澡的,可是在水中害起抽筋来,因而淹死了:那时代的愚蠢的史家却说他是为了塞斯滠斯的希罗而死[②]。这些全都是诳;人们一代一

[①] 特洛埃勒斯(Troilus),莎翁传奇剧《特洛埃围城记》中的主角。——译者注

[②] 利昂特(Leander)与希罗(Hero)为希腊传说中的一对恋人名;利昂特每晚泅水过赫勒斯滂(Hellespont)以会其恋人,一夕大风浪没顶。——译者注

	代地死去，他们的尸体都给蛆虫吃了，可是决不会为爱情而死的。
鄂	我不愿我的真正的罗瑟琳也作这样想法；因为我可以发誓说她只要皱一皱眉头就会把我杀死。
罗	我凭着此手发誓，那是连一头苍蝇也杀不死的。但是来吧，现在我要做你的一个乖乖的罗瑟琳；你向我要求什么，我一定允许你。
鄂	那么爱我吧，罗瑟琳！
罗	好，我就爱你，星期五，星期六，以及一切的日子。
鄂	你肯接受我吗？
罗	肯的，我肯接受像你这样二十个男人。
鄂	你怎么说？
罗	你不是个好人吗？
鄂	我希望是的。
罗	那么好的东西会嫌太多吗？——来，妹妹，你要扮做牧师，给我们主婚。——把你的手给我，鄂兰陀。你怎么说，妹妹？
鄂	请你给我们主婚。
西	我不会说。

罗	你应当这样开始:"鄂兰陀,你愿不愿——"
西	好吧。——鄂兰陀,你愿不愿娶这个罗瑟琳为妻?
鄂	我愿意。
罗	嗯,但是什么时候才娶呢?
鄂	当然就在现在哪;只要她能替我们完成婚礼。
罗	那么你必须说,"罗瑟琳,我娶你为妻。"
鄂	罗瑟琳,我娶你为妻。
罗	我本来可以问你凭着什么来娶我的;可是鄂兰陀,我愿意接受你做我的丈夫。——这丫头等不到牧师问起,就冲口说了出来了;真的,女人的思想总是比行动跑得更快。
鄂	一切的思想都是这样;它们是生着翼膀的。
罗	现在你告诉我你占有了她之后,打算保留到多少长久?
鄂	永久再加上一天。
罗	说一天,不用说永久。不,不,鄂兰陀,男人们在未婚的时候是四月天,结婚的时候是十二月天;姑娘们做姑娘的时候是五月天,一做了妻子,季候便改变了。我要比一头巴巴里雄鸽对待他的雌鸽格外

	多疑地对待你；我要比下雨前的鹦鹉格外吵闹，比猢狲格外弃旧怜新，比猴子格外反复无常；我要在你高兴的时候像喷泉上的黛安娜女神雕像一样无端哭泣；我要在你想睡的时候像土狼一样纵声大笑。
鄂	但是我的罗瑟琳会做出这种事来吗？
罗	我可以发誓她会像我一样做出来的。
鄂	啊！但是她是个聪明人哩。
罗	她倘不聪明，怎么有本领做这等事？越是聪明，越是淘气。假如用一扇门把一个女人的才情关起来，它会从窗子里钻出来的；关了窗，它会从钥匙孔里钻出来的；塞住了钥匙孔，它会跟着一道烟从烟囱里飞出来的。
鄂	男人娶到了这种有才情的老婆，就难免要感慨"才情才情，看你横行到什么地方"了。
罗	不，你可以把那句骂人的话留起来，等你瞧见你妻子的才情爬上了你邻人的床上去的时候再说。
鄂	那时这位多才的妻子又将用怎样的才情来辩解呢？
罗	呃，她会说她是到那儿找你去的。你捉住她，她总有话好说，除非你把她的舌头割掉。唉！要是一个

女人不会把她的错处推到她男人的身上去，那种女人千万不要让她抚养她自己的孩子，因为她会把他抚养得成为一个傻子的。

鄂　罗瑟琳，这两小时我要离开你。

罗　唉！爱人，我两小时都缺不得你哪。

鄂　我一定要陪公爵吃饭去；到两点钟我就会回来。

罗　好，你去吧，你去吧！我知道你会变成怎样的人。我的朋友们这样对我说过，我也这样相信着，你是用你那种花言巧语来把我骗上了手的。不过又是一个给人丢弃的罢了；好，死就死吧！你说是两点钟吗？

鄂　是的，亲爱的罗瑟琳。

罗　凭着良心，一本正经，上帝保佑我，我可以向你起一切无关紧要的誓，要是你失了一点点儿的约，或是比约定的时间来迟了一分钟，我就要把你当作在一大堆无义的人们中间一个最可怜的背信者，最空心的情人，最不配被你叫作罗瑟琳的那人所爱的。所以，留心我的责骂，守你的约吧。

鄂　我一定恪遵，就像你真是我的罗瑟琳一样。好，再见。

罗　好，时间是审判一切这一类罪人的老法官，让他来

审判吧。再见。(鄂下)

西　你在你那种情话中间简直是侮辱我们女性。我们一定要把你的衫裤揭到你的头上,让全世界的人看看鸟儿怎样作践了她自己的窠。

罗　啊,小妹妹,小妹妹,我的可爱的小妹妹,你要是知道我是爱得多么深!可是我的爱是无从测计深度的,因为它有一个渊深莫测的底,像葡萄牙海湾一样。

西　或者不如说是没有底的吧;你刚把你的爱倒进去,它就漏了出来。

罗　不,维纳丝的那个坏蛋私生子①,那个因为忧郁而感孕,因为冲动而受胎,因为疯狂而诞生的;那个瞎眼的坏孩子,因为自己没有眼睛而把每个人的眼睛都欺蒙了的:让他来判断我是爱得多么深吧。我告诉你,爱莲娜,我不看见鄂兰陀便活不下去。我要找一处树荫,去到那儿长吁短叹地等着他回来。

西　我要去睡一个觉儿。(同下)

---

① 指邱必特(Cupid)。——译者注

第二场　林中的另一部分

【杰克斯，群臣，及林居人等上。

杰　　是谁把鹿杀死的？

一臣　　先生，是我。

杰　　让我们引他去见公爵，像一个罗马的凯旋将军一样；顶好把鹿角插在他头上，表示胜利的光荣。林居人，你们没有个应景的歌儿吗？

一林居人　　有的，先生。

杰　　那么唱起来吧；不要管它调子怎样，只要可以嚷嚷热闹热闹就是了。

歌　　杀鹿的人好幸福，

　　　穿它的皮顶它角。

　　　唱个歌儿送送他。（众和）

　　　顶了鹿角莫讥笑，

　　　古时便已当冠帽；

　　　你的祖父戴过它，

你的阿爹顶过它:

鹿角鹿角壮而美,

你们取笑真不对。(众下)

第三场　林中的另一部分

【罗瑟琳及西莉霞上。

罗　　你现在怎么说？不是过了两点钟了吗？这儿有许多的鄂兰陀呢！

西　　我对你说，他怀着纯洁的爱情和忧虑的头脑，带了弓箭出去睡觉去了。瞧，谁来了？

【薛维厄斯上。

薛　　我奉命来见您，美貌的少年；我的温柔的菲琵要我把这信送给您。（将信交罗）里面说的甚么话我不知道；但是照她写这封信的时候那发怒的神气看来，多分是一些气恼的话。原谅我，我只是个不知情的送信人。

罗　　（阅信）最有耐性的人见了这封信也要暴跳如雷；是可忍，孰不可忍？她说我不漂亮；说我没有礼貌；说我骄傲；说即使男人像凤凰样稀罕，她也不会爱

	我。天哪！我并不曾要追求她的爱，她为什么写这种话给我呢？好，牧人，好，这封信是你捣的鬼。
薛	不，我发誓我不知道里面写些什么；这封信是菲琵写的。
罗	算了吧，算了吧，你是个傻瓜，为了爱情颠倒得这等地步。我看见过她的手，她的手就像一块牛皮那样粗糙，一块沙石那样颜色；我当作她戴着一副旧手套，那知道原来就是她的手；她有一双作粗工的手；但这可不用管它。我说她从来不曾想到过写这封信；这是男人出的花样，是一个男人的笔迹。
薛	真的，那是她的笔迹。
罗	嘿，这是粗暴的凶狠的口气，全然是挑战的口气；嘿，她就像土耳其人向基督徒那样向我挑战呢。女人家的温柔的头脑里，决不会想出这种恣睢暴厉的念头来；这种狠恶的字句，含着比字面更狠恶的用意。你要不要听听这封信？
薛	假如您愿意，请您念给我听听吧，因为我还不曾听到过它呢；虽然关于菲琵的凶狠的话，倒已经听了不少了。

罗　　她要向我撒野呢。听那只雌老虎怎样写法：（读）

　　　你是不是天神的化身，

　　　来燃烧一个少女的心？

　　　女人会这样骂人吗？

薛　　您把这种话叫作骂人吗？

罗　　（读）

　　　撇下了你神圣的殿堂，

　　　虐弄一个痴心的姑娘？

　　　你听见过这种骂人的话吗？

　　　人们的眼睛向我求爱，

　　　从不曾给我丝毫损害。

　　　意思说我是个畜生。

　　　你一双美目中的轻蔑，

　　　倘能勾起我这般情热；

　　　唉！假如你能青眼相加，

　　　我更将怎样意乱如麻！

　　　你一边骂，我一边爱你；

　　　你倘求我，我何事不依？

　　　代我传达情意的来使，

并不知道我这段心事；

让他带下了你的回报，

告诉我你的青春年少，

肯不肯接受我的奉献，

把我的一切听你调遣；

否则就请把拒绝明言，

我准备一死了却情缘。

薛　　您把这叫做骂吗？

西　　唉，可怜的牧人！

罗　　你可怜他吗？不，他是不值得怜悯的。你会爱这种女人吗？嘿，利用你作工具，那样玩弄你！怎么受得住！好，你到她那儿去吧，因为我知道爱情已经把你变成一条驯伏的蛇了；你去对她说：要是她爱我，我吩咐她爱你；要是她不肯爱你，那么我决不要她，除非你代她恳求。假如你是个真心的恋人，去吧，别说一句话；瞧又有人来了。（薛下）

【岳力佛上。

岳　早安，两位。请问你们知不知道在这座树林的边界有一所用橄榄树围绕着的羊栏？

西　在这儿的西面，附近的山谷之下，从那微语喃喃的泉水旁边那一列柳树的地方向右出发，便可以到那边去。但现在那边只有一所空屋，没有人在里面。

岳　假如听了人家嘴里的叙述便可以用眼睛认识出来，那么你们的模样正是我所听到说起的，穿着这样的衣服，这样的年纪："那少年生得很俊，脸孔像个女人，行为举动像是老大姊似的；那女人是矮矮的，比她的哥哥黝黑些。"你们正就是我所要寻访的那屋子的主人吗？

西　既蒙下问，那么我们说我们正是那屋子的主人，也不算是自己的夸口了。

岳　鄂兰陀要我向你们两位致意；这一方染着血迹的手帕，他叫我送给他称为他的罗瑟琳的那位少年。您就是他吗？

罗　正是；这是什么意思呢？

岳　说起来徒增我的惭愧，假如你们要知道我是谁，这一方手帕怎样，为什么，在那里沾上这些血迹。

西　请您说吧。

岳　年青的鄂兰陀上次跟你们分别的时候，曾经答应过，在一小时之内回来；他正在林中走过尝味着爱情的甜蜜和苦涩，瞧，什么事发生了！他把眼睛向旁边一望，听好他看见了些什么东西：在一株满覆着苍苔的秃顶的老橡树之下，有一个不幸的衣衫褴褛须发蓬松的人仰面睡着；一条金绿的蛇缠在他的头上，正预备把它的头敏捷地伸进他的张开的嘴里去，可是突然看见了鄂兰陀，它便松了开来，蜿蜒地溜进林莽中去了；在那林荫下有一头乳房干瘪的母狮，头贴着地而蹲伏着，像猫一样注视这睡着的人的动静，因为那畜生有一种高贵的素性，不会去侵犯瞧上去似乎已经死了的东西。鄂兰陀一见了这情形，便走到那人的面前，一看却是他的兄长，他的大哥。

西　啊！我听见他说起过那个哥哥；他说他是一个再忍心害理不过的。

岳　他很可以那样说，因为我知道他确是忍心害理的。

罗　但是我们说鄂兰陀吧；他把他丢下在那儿，让他给那饿狮吃了吗？

岳　　他两次转身想去；可是善心比复仇更高贵，天性克服了他的私怨，使他去和那母狮格斗，很快地那狮子便向他扑了上来。我听见了搏击的声音，就从苦恼的瞌睡中醒过来了。

西　　你就是他的哥哥吗？

罗　　他救的便是你吗？

西　　老是设计谋害他的便是你吗？

岳　　那是从前的我，不是现在的我。我现在已经变了个新的人了，因此我可以不惭愧地告诉你们我从前的为人。

罗　　可是那块血渍的手帕是怎样来的？

岳　　别性急。那时我们两人叙述着彼此的经历，以及我到这荒野里来的原委；一面说一面自然流露的眼泪流个不住。简单的说，他把我领去见那善良的公爵，公爵赏给我新衣服穿，款待着我，吩咐我的弟弟照应我；于是他立刻带我到他的洞里去，脱下衣服来，一看臂上给母狮抓去了一块肉，血不停地流着，那时他便晕了过去，嘴里还念着罗瑟琳的名字。简单的说，我把他救醒转来，裹好了他的伤口；略过些时，精神恢复了，他便叫我这个陌生人到这儿来把这件事通知你们，请你们原谅他的失约。这一方手帕在他的血里浸过，他要我交给他戏称为罗瑟琳的那位青年牧人。（罗晕去）

西　呀，怎么啦，盖尼密！亲爱的盖尼密！

岳　有好多人一见了血便要发晕。

西　还有其他的缘故哩。哥哥！盖尼密！

岳　瞧，他醒过来了。

罗　我要回家去。

西　我们可以陪着你去。——请您扶着他的臂好不好？

岳　提起精神来，孩子。你算是个男人吗？你太没有男人气了。

罗　一点不错，我承认。啊，好小子！人家会觉得我假装得很像哩。请您告诉令弟我假装得多么像。嗳唷！

岳　这不是假装；你的脸色上已经有了太清楚的证明，这是出于真情的。

罗　告诉您吧，真的是假装的。

岳　好吧，那么振作起来，假装个男人样子吧。

罗　我正在假装着呢；可是凭良心说，我理该是个女人。

西　　来,你瞧上去脸色越变越白了;回家去吧。好先生,陪我们去吧。

岳　　好的,因为我必须把你怎样原谅舍弟的回音带回去呢,罗瑟琳。

罗　　我会想出些什么来的。但是我请您就把我的假装的样子告诉他吧。我们走吧。(同下)

第五幕

劝君莫负艳阳天,
思爱欢娱要趁少年,
春天是最好的结婚天。

第一场　亚登森林

【试金石及奥菊蕾上。

试　咱们总会找到一个时间的,奥菊蕾;耐心着吧,温柔的奥菊蕾。

奥　那位老先生虽然这么说,其实这个牧师也很好呀。

试　顶坏不过的岳力佛师父,奥菊蕾;顶不好的马退克斯脱。但是,奥菊蕾,林子里有一个年青人要向你求婚呢。

奥　嗯,我知道他是谁;他跟我全没有关涉。你说起的那个人来了。

【威廉上。

试　看见一个村汉在我是家常便饭。凭良心说话,我们这辈聪明人真是作孽不浅;我们总是忍不住要寻寻人家的开心。

威　晚安,奥菊蕾。

奥	你晚安哪,威廉。
威	晚安,先生。
试	晚安,好朋友。把帽子戴上了,把帽子戴上了;请不用客气,把帽子戴上了。你多大年纪了,朋友?
威	二十五了,先生。
试	正是妙龄。你名叫威廉吗?
威	威廉,先生。
试	一个好名字。是生在这林子里的吗?
威	是的,先生,我感谢上帝。
试	"感谢上帝;"很好的回答。很有钱吗?
威	呃,先生,不过如此。
试	"不过如此,"很好很好,好得很;可是也不算怎么好,不过如此而已。你聪明吗?
威	呃,先生,我还算聪明。
试	啊,你说得很好。我现在记起一句话来了,"傻子自以为聪明,但聪明人知道他自己是个傻子。"异教的哲学家想要吃一颗葡萄的时候,便张开嘴唇来,把它放进嘴里去;那意思是表示葡萄是生下来给人吃,嘴唇是生下来要张开的。你爱这姑娘吗?

威　是的,先生。

试　把你的手给我。你有学问吗?

威　没有,先生。

试　那么让我教训你:有者有也;修辞学上有这么一个譬喻,把酒从杯子里倒在碗里,一只满了那一只便要落空。写文章的人大家都承认"彼"即是他;好,你不是彼因为我是他。

威　那一个他,先生?

试　先生,就是要跟这个女人结婚的他。所以,你这村夫,莫——那在俗话里就是不要,——与此妇——那在土话里就是和这个女人,——交游,——那在普通话里就是来往;合拢来说,莫与此妇交游,否则,村夫,你就要毁灭;或者让你容易明白些,你就要死,那就是说,我要杀死你,把你做掉,叫你活不成,让你当奴才。我要用毒药毒死你,一顿棒儿打死你,或者用钢刀搠死你;我要跟你打架;我要想出计策来打倒你;我要用一百五十种法子杀死你:所以赶快发着抖滚吧。

奥　你快去吧,好威廉。

威　　上帝保佑您快活,先生。(下)

【库林上。

库　　我们的大官人和小娘子找着你哪;来,走啊!走啊!
试　　走,奥菊蕾!走,奥菊蕾!我就来,我就来。(同下)

第二场　林中的另一部分

【鄂兰陀及岳力佛上。

鄂　　你跟她相识得这么浅便会欢喜起她来了吗？一看见了她，便会爱起她来了吗？一爱了她，便会求起婚来了吗？一求了婚，她便会答应了你吗？你一定要得到她吗？

岳　　这件事进行的忽促，她的贫穷，相识的不久，我的突然的求婚，和她的突然的允许，这些你都不用怀疑；只要你承认我是爱着爱莲娜的，承认她是爱着我的，允许我们两人的结合，这样你也会有好处；因为我愿意把我父亲老罗兰爵士的房屋和一切收入都让给你，我自己在这里终生做一个牧人。

鄂　　你可以得到我的允许。你们的婚礼就在明天举行吧；我可以去把公爵和他的一切乐天的从者都请了来。你去吩咐爱莲娜预备一切。瞧，我的罗瑟琳来了。

【罗瑟琳上。

罗　上帝保佑你,哥哥。

岳　也保佑你,好妹妹。(下)

罗　啊!我的亲爱的鄂兰陀,我瞧见你把你的心裹在绷带里,我是多么难过呀。

鄂　那是我的臂膀。

罗　我以为是你的心给狮子抓伤了。

鄂　它的确是受了伤了,但却是给一位姑娘的眼睛伤害了的。

罗　你的哥哥有没有告诉你当他把你的手帕给我看的时候,我假装晕去了的情形?

鄂　是的,而且还有更奇怪的事情呢。

罗　噢!我知道你说的是甚么。噢,那倒是真的;从来不曾有过这么快的事情,除了两头公羊的打架,和该撒那句"我来,我看见,我征服"的傲语①。令兄和舍妹刚见了面,便大家瞧起来了;一瞧便相爱

---

① Veni, vidi, vici (I came, I saw, I conquered),为该撒 (Julius Caesar) 征服 Pontus 王 Pharnaces 后告知罗马贵族院之有名豪语。——译者注

了；一相爱便叹气了；一叹气便彼此问为的是什么；一知道了为的是什么，便要想补救的办法：这样一步一步地踏到了结婚的阶段，不久他们便要成其好事了，否则他们等不到结婚便要放肆起来的。他们简直爱的慌了，一定要在一块儿；用棒儿也打不散他们。

鄂　他们明天便要成婚，我就要去请公爵参加婚礼。但是唉！从别人的眼中看见幸福，多么令人烦闷。明天我越是想到我的哥哥满足了心愿多么快活，我便将越是伤心。

罗　难道我明天不能仍旧充作你的罗瑟琳了吗？

鄂　我不能老是靠着幻想而生存了。

罗　那么我不再用空话来叫你心烦了。告诉了你吧，现在我不是说着顽儿，我知道你是一个有见识的上等人；我并不是因为希望你赞美我的本领而恭维你，我要使你相信我的话，也不是图自己的名气，只是为着你的好处。假如你肯相信，那么我告诉你，我会行奇迹。从三岁时候起我就和一个术士结识，他的法术非常高深，可是并不作恶害人。要是你爱罗瑟琳真是爱得那么深,就像你瞧上去的那样,那么你哥哥和爱莲娜结婚的时候,你就可以和她结婚。我知道她现在的处境是多么不幸;只要你没有什么不方便,我一定能够明天叫她亲身出现在你的面前,一点没有危险。

鄂　你说的是真话吗?

罗　我以生命为誓,我说的是真话;虽然我说我是个术士,可是我很重视我的生命呢。所以你得穿上你最好的衣服,邀请你的朋友们来;只要你愿意在明天结婚,你一定可以结婚;和罗瑟琳结婚,要是你愿意。瞧,我的一个爱人和她的一个爱人来了。

【薛维厄斯及菲琵上。

菲　少年人,你很对我不起,把我写给你的信宣布了出来。

罗　要是我把它宣布了,我也不管;我存心要对你傲慢不客气。你背后跟着一个忠心的牧人;瞧着他吧,爱他吧,他崇拜着你哩。

菲　　好牧人,告诉这个少年人恋爱是怎样的。

薛　　它是充满了叹息和眼泪的;我正是这样爱着菲琵。

菲　　我也是这样爱着盖尼密。

鄂　　我也是这样爱着罗瑟琳。

罗　　我可是一个女人也不爱。

薛　　它是全然的忠心和服务;我正是这样爱着菲琵。

菲　　我也是这样爱着盖尼密。

鄂　　我也是这样爱着罗瑟琳。

罗　　我可是一个女人也不爱。

薛　　它是全然的空想,全然的热情,全然的愿望;全然的崇拜,恭顺,和尊敬;全然的谦卑,全然的忍耐和焦心;全然的纯洁,全然的磨炼:我正是这样爱着菲琵。

菲　　我也是这样爱着盖尼密。

鄂　　我也是这样爱着罗瑟琳。

罗　　我可是一个女人也不爱。

菲　　(向罗)假如真是这样,那么你为什么责备我爱你呢?

薛　　(向菲)假如真是这样,那么你为什么责备我爱你呢?

鄂　　假如真是这样,那么你为什么责备我爱你呢?

罗　　你在向谁说话,"你为什么责备我爱你?"

鄂　　向那不在这里,也听不见我的说话的她。

罗　　请你们别再说下去了吧;这简直像是一群爱尔兰的狼向着月亮嗥叫。(向薛)要是我能够,我一定帮助你。(向菲)要是我有可能,我一定会爱你。明天大家来和我相会。(向菲)假如我会跟女人结婚,我一定跟你结婚;我要在明天结婚了。(向鄂)假如我会使男人满足,我一定使你满足;你要在明天结婚了。(向薛)假如使你欢喜的东西能使你满意,我一定使你满意;你要在明天结婚了。(向鄂)你既然爱罗瑟琳,请你赴约。(向薛)你既然爱菲琵,请你赴约。我既然不爱什么女人,我也赴约。现在再见吧;我已经吩咐过你们了。

薛　　只要我活着,我一定不失约。

菲　　我也不失约。

鄂　　我也不失约。(各下)

第三场　林中的另一部分

【试金石及奥菊蕾上。

试　　明天是快乐的好日子,奥菊蕾;明天我们要结婚了。
奥　　我满心盼望着呢;我希望盼望出嫁并不是一个不正当的愿望。有两个放逐的公爵的童儿来了。

【二童上。

甲童　遇见得巧啊,好先生。
试　　巧得很,巧得很。来,请坐,请坐,唱个歌儿。
乙童　遵命遵命。居中坐下吧。
甲童　一副坏喉咙未唱之前,总少不了来些儿老套子,例如咳嗽吐痰或是说嗓子有点儿嘎了之类;我们还是免了这些,马上唱起来怎样?
乙童　好的,好的;两人齐声同唱,就像两个吉卜赛人骑在一匹马上。
歌　　一对情人并着肩,

嗳唷嗳唷嗳嗳唷,

走过了青青稻麦田,

春天是最好的结婚天,

听嘤嘤歌唱枝头鸟,

姐郎们最爱春光好。

小麦青青大麦鲜,

嗳唷嗳唷嗳嗳唷,

乡女村男交颈儿眠,

春天是最好的结婚天云云。

新歌一曲意缠绵,

嗳唷嗳唷嗳嗳唷,

人生美满像好花妍,

春天是最好的结婚天云云。

劝君莫负艳阳天,

嗳唷嗳唷嗳嗳唷,

恩爱欢娱要趁少年,

春天是最好的结婚天云云。

试　　老实说,年青的先生们,这首歌词固然没有多大意思,那调子却也很不入调。

甲童　您弄错了,先生;我们是照着板眼唱的,一拍也没有漏过。

试　　凭良心说,我来听这么一首傻气的歌儿,真算是白糟蹋了时间。上帝和你们同在;上帝把你们的喉咙补补好吧!来,奥菊蕾。(各下)

第四场　林中的另一部分

【长公爵,阿米恩斯,杰克斯,鄂兰陀,岳力佛,及西莉霞同上。

公　　鄂兰陀,你相信那孩子果真有他所说的那种本领吗?
鄂　　我有时相信,有时不相信;就像那些因恐结果无望而心中惴惴的人,一面希望一面担着心事。

【罗瑟琳,薛维厄斯,及菲琵上。

罗　　再请耐心听我说一遍我们所约定的条件。(向公爵)您不是说,假如我把您的罗瑟琳带了来,您愿意把她赏给这位鄂兰陀做妻子吗?
公　　即使再要我把几个王国作为陪嫁,我也愿意。
罗　　(向鄂)您不是说,假如我带了她来,您愿意娶她吗?
鄂　　即使我是统治万国的君王,我也愿意。
罗　　(向菲)您不是说,假如我愿意,您便愿意嫁我吗?

菲　　即使我在一小时后就要一命丧亡,我也愿意。

罗　　但是假如您不愿意嫁我,您不是要嫁给这位忠心无比的牧人吗?

菲　　是这样约定着。

罗　　(向薛)您不是说,假如菲琵愿意,您便愿意娶她吗?

薛　　即使娶了她等于送死,我也愿意。

罗　　我答应要把这一切事情安排得好好的。公爵,请您守约许嫁您的女儿;鄂兰陀,请您守约娶他的女儿;菲琵,请您守约嫁我,假如不肯嫁我,便得嫁给这位牧人;薛维厄斯,请您守约娶她,假如她不肯嫁我:现在我就去给你们解释这些疑惑。(罗、西下)

公　　这个牧童使我记起了我的女儿的相貌,有几分活像是她。

鄂　　殿下,我初次见他的时候,也以为他是郡主的兄弟呢;但是,殿下,这孩子是在林中生长的,他的伯父曾经教过他一些魔术的原理,据说他那伯父是一个隐居在这儿林中的大术士。

【试金石及奥菊蕾上。

杰　一定又有一次洪水来啦,这一对一对都要准备躲到方舟里去①。又来了一对奇怪的畜生,傻瓜是他们公认的名字。

试　列位这厢有礼了!

杰　殿下,请您欢迎他。这就是我在林中常常遇见的那位傻头傻脑的先生;据他说他还出入过宫廷呢。

试　要是有人不相信,尽管把我质问好了。我曾经跳过高雅的舞;我曾经恭维过一位贵妇;我曾经向我的朋友弄过手腕,跟我的仇家们装亲热;我曾经毁了三个裁缝,闹过四回口角,有一次儿乎打出手。

杰　那是怎样闹起来的呢?

试　呃,我们碰见了,一查这场争吵是根据着第七个原因。

杰　怎么叫第七个原因?——殿下,请您欢喜这个家伙。

公　我很欢喜他。

试　上帝保佑您,殿下;我希望您欢喜我。殿下,我挤在这一对对乡村的姐儿郎儿中间到这里来,也是想

---

① 指《创世纪》中洪水时挪亚造方舟之事。——译者注

来宣了誓然后毁誓,让婚姻把我们结合,再让血气把我们拆开。她是个寒伧的姑娘,殿下,样子又难看;可是,殿下,她是我自个儿的:我有一个坏脾气,殿下,人家不要的我偏要。宝贵的贞洁,殿下,就像是住在破屋子里的守财奴,又像是丑蚌壳里的明珠。

公 我说,他倒很伶俐机警呢。

杰 但是且说那第七个原因;你怎么知道这场争吵是根据着第七个原因呢?

试 因为那是根据着一句经过七次演变后的诳话。——把你的身体站端正些,奥菊蕾。——是这样的,先生:我不欢喜某位廷臣的胡须的式样;他回我说假如我说他的胡须的式样不好,他却自以为很好:这叫作"有礼的驳斥"。假如我再去对他说那式样不好,他就回我说他自己欢喜要这样:这叫作"谦恭的讥刺"。要是再说那式样不好,他便蔑视我的意见:这叫作"粗暴的答复"。要是再说那式样不好,他就回答说我讲的不对:这叫作"大胆的谴责"。要是再说那式样不好,他就要说我说谎:这叫作"挑衅的反攻"。于是就到了"委婉的说谎"和"公然的说谎"。

杰 你说了几次他的胡须式样不好呢？

试 我只敢说到"委婉的说谎"为止，他也不敢给我"公然的说谎"；因此我们较了较剑，便走开了。

杰 你能不能把一句谎话的各种程度按着次序说出来？

试 先生啊，我们争吵都是根据着书本的，就像你们有讲礼貌的书一样。我可以把各种程度列举出来。第一，有礼的驳斥；第二，谦恭的讥刺；第三，粗暴的答复；第四，大胆的谴责；第五，挑衅的反攻；第六，委婉的说谎；第七，公然的说谎。除了"公然的说谎"之外，其余的都可以避免；但是"公然的说谎"只要用了"假如"两个字，也就可以一天云散。我知道有一场七个法官都处断不了的争吵；当两造①相遇时，其中的一个单单想起了"假如"

---

① 原文是说 quarrel 中的 parties，《古汉语常用字字典》（华语教学出版社）中关于"造"的解释有："参与诉讼的双方"。《尚书·吕刑》："两造具备，师听五辞"，《中华现代汉语词典》中也有类似解释。——编者注

两字，例如"假如你这样说，那么我便要这样说"，于是两人便彼此握手，结为兄弟了。"假如"是唯一的和事老；"假如"之时用大矣哉！

杰　殿下，这不是一个很难得的人吗？他什么都懂，然而仍然是一个傻瓜。

公　他把他的傻气当作了藏身的烟幕，在它的荫蔽之下放出他的机智来。

【亥门领罗瑟琳穿女装及西莉霞上。柔和的音乐。

亥　天上有喜气融融，
　　人间万事尽亨通，
　　和合无嫌猜。
　　公爵，接受你女儿，
　　亥门一路带着伊，
　　远从天上来；
　　请你为她作主张，
　　嫁给她心上情郎。

罗　（向公爵）我把我自己交给您，因为我是您的。（向鄂）我把我自己交给您，因为我是您的。

公	要是眼前所见的并不是虚假,那么你是我的女儿了。
鄂	要是眼前所见的并不是虚假,那么你是我的罗瑟琳了。
菲	要是眼前的情形是真,那么永别了,我的爱人!
罗	(向公爵)要是您不是我的父亲,那么我不要有什么父亲。(向鄂)要是您不是我的丈夫,那么我不要有什么丈夫。(向菲)要是我不跟你结婚,那么我再不跟别的女人结婚。
亥	请不要喧闹纷纷!
	这种种古怪事情,
	都得让亥门断清。
	这里有四对恋人,
	说的话儿倘应心,
	该携手共缔鸳盟。
	你俩患难不相弃; (向鄂、罗)
	你们俩同心永系; (向岳、西)
	你和他宜室宜家, (向菲)
	再莫恋镜里空花;
	你两人形影相从, (向试、奥)
	像风雪跟着严冬。

等一曲婚歌奏起,

尽你们寻根觅柢,

莫惊讶咄咄怪事,

细想想原来如此。

歌 人间添美眷,

天后爱团圆;

席上同心侣,

枕边并蒂莲。

不有亥门力,

何缘众庶生?

同声齐赞颂,

月老最堪称!

公 啊,我的亲爱的侄女!我欢迎你,就像你是我自己的女儿。

菲 (向薛)我不愿食言,现在你已经是我的;你的忠心使我爱上了你。

【贾克斯上。

贾 请听我说一两句话;我是老罗兰爵士的第二个儿子,

　　　　特意带了消息到这群贤毕集的地方来。弗雷特力克
　　　　公爵因为听见每天有才智之士投奔到这林中，故此
　　　　兴起大军，亲自统率，预备前来捉拿他的兄长，把
　　　　他杀死除害。他到了这座树林的边界，遇见了一位
　　　　高年的修道士，交谈之下，悔悟前非，便即停止进兵；
　　　　同时看破红尘，把他的权位归还给他的放逐的兄长，
　　　　一同流亡在外的诸人的土地，也都各还原主。这不
　　　　是假话，我可以用生命作担保。

公　　欢迎，年青人！你给你的兄弟们送了很好的新婚贺
　　　　礼来了：一个是他的被扣押的土地；一个是一座绝
　　　　大的公国，享有着绝对的主权。先让我们在这林中
　　　　把我们已经在进行得好好的事情办了；然后，在这
　　　　幸运的一群中，每一个曾经跟着我忍受过艰辛的日
　　　　子的人，都要按着各人的地位，分享我的恢复了的
　　　　荣华。现在我们且把这种新近得来的尊荣暂时搁在
　　　　脑后，举行起我们乡村的狂欢来吧。奏起来，音乐！
　　　　你们各位新妇新郎，大家欢天喜地地，跳起舞来呀！

杰　　先生，恕我冒昧。要是我没有听错，好像您说的是
　　　　那公爵已经潜心修道，抛弃富贵的宫廷了？

贾　　是的。

杰　　我就找他去;从这种悟道者的地方,很可以得到一些绝妙的教训。(向公爵)我让你去享受你那从前的光荣吧;那是你的忍耐和德行的酬报。(向鄂)你去享受你那用忠心赢得的爱情吧。(向岳)你去享有你的土地,爱人,和权势吧。(向薛)你去享用你那用千辛万苦换来的老婆吧。(向试)至于你呢,我让你去口角吧;因为在你的爱情的旅程上,你只带了两个月的粮草。好,大家各人去找各人的快乐;跳舞可不是我的分。

公　　别走,杰克斯,别走!

杰　　我不想看你们的作乐;你们将会得到些什么,我就在被你们遗弃了的山窟中也可以知道的。(下)

公　　进行下去吧,开始我们的嘉礼;自始至终谁都是满心的欢喜。(跳舞。众下)

【收场白。

罗　　叫娘儿来念收场白,似乎不大合式;可是那也不见得比叫老爷子来念开场白更不成样子些。要是好酒无须招牌,那么好戏也不必有收场白;可是好酒要用好招牌,好戏倘再加上一段好收场白,岂不是更好?那么我现在的情形是怎样的呢?既然不会念一段好收场白,又不能把一出好戏来讨好你们!我并不穿着得像个叫化一样,因此我不能向你们求乞;我的唯一的法子是恳请。我要先向女人们著手。女人们啊!为着你们对于男子的爱情,请你们尽量地欢喜这本戏。男人们啊!为着你们对于女子的爱情,——瞧你们那副痴笑的神气,我就知道你们谁都不讨厌她们的,——请你们学着女人们的样子,也来欢喜这本戏。假如我是一个女人[①],你们中间只要谁的胡子生得叫我满意,脸蛋长得讨我欢喜,而且气息也不叫我恶心的,我都愿意给他一吻。为了我这种慷慨的奉献,我相信凡是生得一副好胡子,长得一张好脸蛋,或是有一口好气息的诸君,当我屈膝致敬的时候,都会向我道别。(下)

---

① 伊利沙伯时代舞台上女角皆用男童扮演。——译者注

附录

关于"原译本"的说明

文／朱尚刚

朱生豪从 1935 年做准备工作开始，历时近十年，完成了 31 部莎剧的翻译工作，虽然最终未能译完全部莎翁剧作，但已经为将这位世界文坛巨匠介绍给中国人民做出了卓越的贡献。朱生豪译莎以"保持原作之神韵"为首要宗旨，他的译作也的确实现了这个宗旨，至今仍受到读者的欢迎和学界的高度评价。

朱生豪的译莎工作是在贫病交加、极端困难的情况下进行的。日本侵略者的炮火两度摧毁了他已经完成的几乎全部译稿和辛苦搜集起来的各种莎剧版本、注释本和大量参考资料，在最后为译莎而以命相搏的时候，手头"仅有的工具书，只是两本词典——牛津词典和英汉四用辞典。既无其他可以参考的书籍，更没有可以探讨质疑的师友"。而且他当时毕竟还是一个阅历不深的年轻人，虽然有着出众的才华，然而翻译作品中存在各种各样的缺陷和疏漏是完全可以想象的。

朱生豪的遗译最早于 1947 年由世界书局出版（收入除历史剧外的剧本 27 种），以后于 1954 年由作家出版社出版了包括全部朱生豪译作的《莎士比亚戏剧集》。上世纪60年代初期，人民文学出版社组织了一批国内一流的专家对朱译莎剧进行校订和补译，原打算在1964年纪念莎翁400周年诞辰时出版完整的《莎士比亚全集》，后因各种原因一直到1978年才得以问世。

《莎士比亚全集》的出版，是我国一代莎学大师通力合作取得的划时代的成就。经校订的朱译莎剧，在很大程度上纠正了原译本因各种主客观原因而产生的缺陷和疏漏，并体现了当时在英语语言和莎学研究上的新成果，是对朱生豪译莎事业的进一步提升和完善。我对这一代莎学前辈们的努力表示真挚的感谢和崇高的敬意！

上世纪九十年代后期，为反映新时代语言的发展和新的学术成果，译林出版社再次组织专家进行了对朱译莎剧的校订，并出版了新的校订本。

校订过程中除了对一些理解或表达方面的缺疵进行修改外，反映较多的是原译本中"漏译"的内容。实际上我相信朱生豪真正因为"疏忽"而漏译的情况即使不是绝对没有，也应该是极少的。我估计，有些地方可能是因为当时的客观条件实在太差，有些地方实在难以理解又没有任何资料可以查考，因此在不影响剧本相对顺畅性的前提下只能跳过去了。

而更多的情况下是有些内容和说法似乎有点"不雅",朱生豪出于中国传统的思维习惯,就把这些"不雅"的东西删去了。这种做法是否合适是有待商榷的,但也在一定程度上反映了那个特定的时代,特定的阶层,特定的译者的思维方式和特征。

莎士比亚的话题是说不尽的,同样,对莎士比亚的翻译和研究也是说不尽的。经校订的朱译莎剧无疑是对原译稿的改善,但从某种意义上来说,校订者和原译者的思维定式和语言习惯难免有所不同,因此也有读者感到经校订后的译文在语言风格的一致性等方面受到了影响,还有学者对某些修改之处也提出存疑。这些也是很正常的现象,再好的校订本也需要在实践和历史中经受检验,进一步地"校订"和完善。

也是出于这样的考虑,社会上对未经"校订"的朱生豪原译本也产生了相当的兴趣,希望能看到完全体现朱生豪翻译风格,能反映那个时代的语言习惯和学术水平的原译本,看到一个本色的朱生豪译本(包括他的错漏之处)。这在我们这个多元化的社会中应该是一个合理的希求。这次中国青年出版社出版这套原译本系列,正是顺应了这样一种需求,并借此来表达对我的父亲——朱生豪诞辰100周年的纪念之情。我对此表示真挚的谢意!

译者自序

(原文收录于1947年版《莎士比亚戏剧全集》)

于世界文学史中,足以笼罩一世,凌越千古,卓然为词坛之宗匠,诗人之冠冕者,其唯希腊之荷马,意大利之但丁,英之莎士比亚,德之歌德乎。此四子者,各于其不同之时代及环境中,发为不朽之歌声。然荷马史诗中之英雄,既与吾人之现实生活相去过远;但丁之天堂地狱,复与近代思想诸多抵牾;歌德去吾人较近,彼实为近代精神之卓越的代表。然以超脱时空限制一点而论,则莎士比亚之成就,实远在三子之上。盖莎翁笔下之人物,虽多为古代之贵族阶级,然彼所发掘者,实为古今中外贵贱贫富人人所同具之人性。故虽经三百余年以后,不仅其书为全世界文学之士所耽读,其剧本且在各国舞台与银幕上历久搬演而弗衰,盖由其作品中具有永久性与普遍性,故能深入人心如此耳。

中国读者耳莎翁大名已久,文坛知名之士,亦尝将其作品,译出多种,然历观坊间各译本,失之于粗疏草率者尚少,失之于拘泥生硬者实繁有徒。拘泥字句之结果,不仅原作神味,荡焉无存,甚且艰深晦涩,有若天书,令人不能卒读,此则译者之过，莎翁不能任其咎者也。

余笃嗜莎剧，尝首尾研诵全集至十余遍，于原作精神，自觉颇有会心。廿四年春，得前辈同事詹文浒先生之鼓励，始着手为翻绎全集之尝试。越年战事发生，历年来辛苦搜集之各种莎集版本，及诸家注释考证批评之书，不下一二百册，悉数毁于炮火，仓卒中惟携出牛津版全集一册，及译稿数本而已。厥后转辗流徙，为生活而奔波，更无暇晷，以续未竟之志。及三十一年春，目观世变日亟，闭户家居，摈绝外务，始得专心壹志，致力译事。虽贫穷疾病，交相煎迫，而埋头伏案，握管不辍。凡前后历十年而全稿完成，（案译者撰此文时，原拟在半年后可以译竟。讵意体力不支，厥功未就，而因病重辍笔）夫以译莎工作之艰巨，十年之功，不可云久，然毕生精力，殆已尽注于兹矣。

余译此书之宗旨，第一在求于最大可能之范围内，保持原作之神韵；必不得已而求其次，亦必以明白晓畅之字句，忠实传达原文之意趣；而于逐字逐句对照式之硬译，则未敢赞同。凡遇原文中与中国语法不合之处，往往再四咀嚼，不惜全部更易原文之结构，务使作者之命意豁然呈露，不为晦涩之字句所掩蔽。每译一段竟，必先自拟为读者，察阅译文中有无暧昧不明之处。又必自拟为舞台上之演员，审辨语调之是否顺口,音节之是否调和。一字一句之未惬,往往苦思累日。然才力所限,未能尽符理想;乡居僻陋,既无参考之书籍,又鲜质疑之师友。谬误之处,自知不免。所望海内学人,惠予纠正,幸甚幸甚!

原文全集在编次方面,不甚惬当,兹特依据各剧性质,分为"喜剧"、"悲剧"、"杂剧"、"史剧"四辑,每辑各自成一系统。读者循是以求,不难获见莎翁作品之全貌。昔卡莱尔尝云,"吾人宁失百印度,不愿失一莎士比亚。"夫莎士比亚为世界的诗人,固非一国所可独占;倘因此集之出版,使此大诗人之作品,得以普及中国读者之间,则译者之劳力,庶几不为虚掷矣。知我罪我,惟在读者。

生豪书于三十三年四月。

图书在版编目（CIP）数据

皆大欢喜 /（英）莎士比亚（Shakespeare,W.）著；
朱生豪译 . —北京：中国青年出版社，2012.4
（新青年文库·莎士比亚戏剧朱生豪原译本全集）
ISBN 978-7-5153-0593-6

I. ①皆… II. ①莎… ②朱… III. ①喜剧 – 剧本 – 英国 – 中世纪
IV. ① I561.33

中国版本图书馆 CIP 数据核字（2012）第 028842 号

书　　名	皆大欢喜
著　　者	【英】莎士比亚
译　　者	朱生豪
审　　订	朱尚刚
责任编辑	庄庸　王昕
特约策划	张瑞霞
出版发行	中国青年出版社
社　　址	北京东四十二条 21 号
邮政编码	100708
网　　址	www.cyp.com.cn
门 市 部	(010) 57350370
印　　刷	三河市君旺印刷厂
经　　销	新华书店
开　　本	787×1092　1/32
印　　张	5.25
字　　数	150 千字
版　　次	2013 年 3 月北京第 1 版印刷
印　　次	2013 年 6 月河北第 2 次印刷
印　　数	3,001-6,000 册
定　　价	19.80 元

本图书如有印装质量问题，请凭购书发票与质检部联系调换
联系电话：(010) 57350337